ESTA É UMA HISTÓRIA DE DOIS MUNDOS.
POBRE HOMEM, NÃO SUSPEITA DE NADA.
É A HISTÓRIA DE TRÊS HOMENS...
AH SIM, ISSO QUEBRA O MEU CORAÇÃO.
AO ELIMINÁ-LO, NÓS SERVIMOS AO MUNDO!
...E EU FUI O SERVO DE CADA UM DESTES HOMENS EM DIFERENTES TEMPOS E FORMAS.
ESTA É A HISTÓRIA DE TRÊS MORTES...
DEVEMOS USAR TÃO POUCO?
...E CADA UMA DESTAS MORTES CAUSOU UM PROFUNDO IMPACTO NA MINHA VIDA.
PACIÊNCIA, PARA QUE NÃO SEJAMOS DESCOBERTOS! O SEU FIM ESTÁ PRÓXIMO.
NÃO TÃO PRÓXIMO PARA MIM!
MAS ESTA NÃO É A MINHA HISTÓRIA.

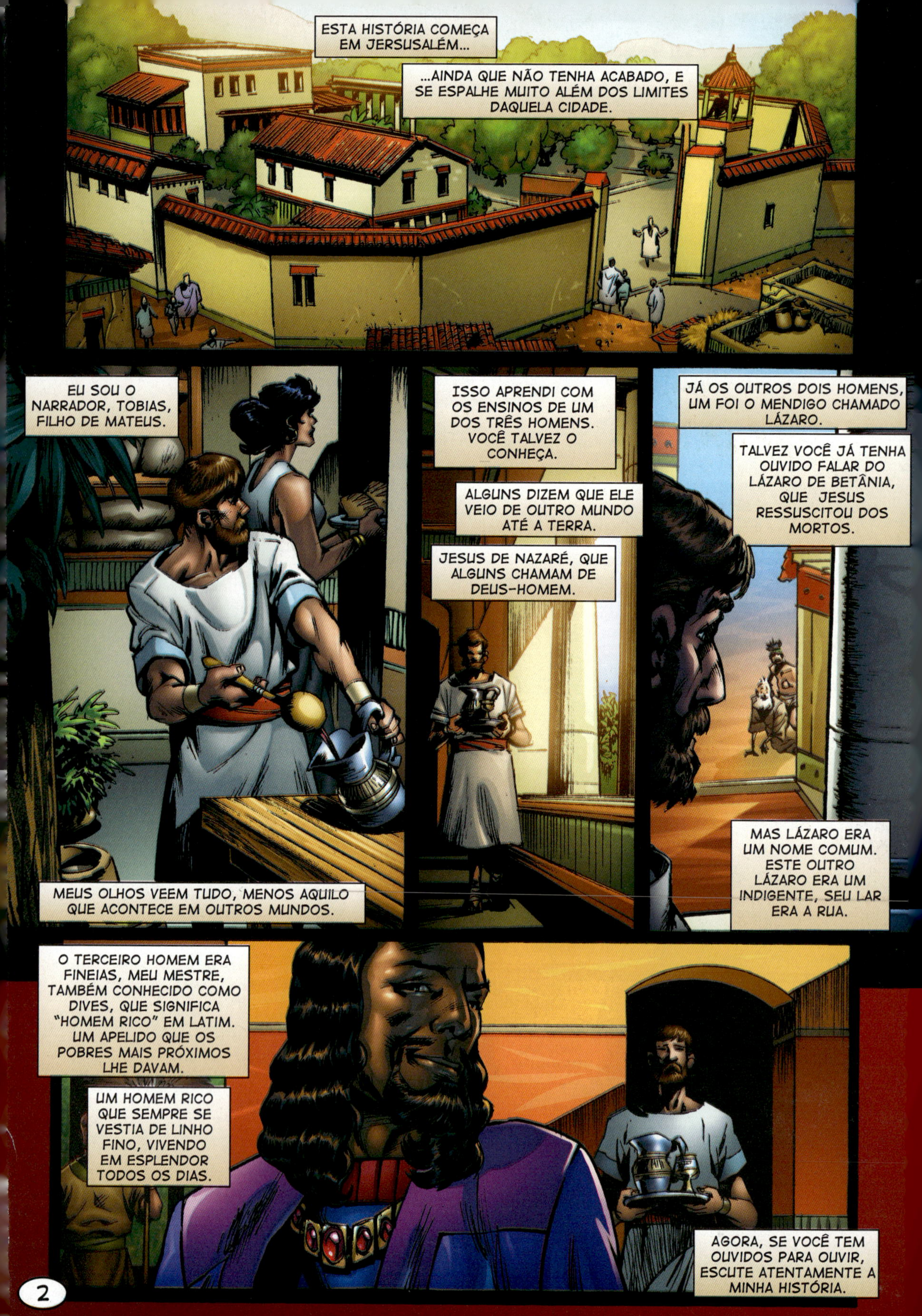
ESTA HISTÓRIA COMEÇA EM JERSUSALÉM...
...AINDA QUE NÃO TENHA ACABADO, E SE ESPALHE MUITO ALÉM DOS LIMITES DAQUELA CIDADE.
EU SOU O NARRADOR, TOBIAS, FILHO DE MATEUS.
MEUS OLHOS VEEM TUDO, MENOS AQUILO QUE ACONTECE EM OUTROS MUNDOS.
ISSO APRENDI COM OS ENSINOS DE UM DOS TRÊS HOMENS. VOCÊ TALVEZ O CONHEÇA.
ALGUNS DIZEM QUE ELE VEIO DE OUTRO MUNDO ATÉ A TERRA.
JESUS DE NAZARÉ, QUE ALGUNS CHAMAM DE DEUS-HOMEM.
JÁ OS OUTROS DOIS HOMENS, UM FOI O MENDIGO CHAMADO LÁZARO.
TALVEZ VOCÊ JÁ TENHA OUVIDO FALAR DO LÁZARO DE BETÂNIA, QUE JESUS RESSUSCITOU DOS MORTOS.
MAS LÁZARO ERA UM NOME COMUM. ESTE OUTRO LÁZARO ERA UM INDIGENTE, SEU LAR ERA A RUA.
O TERCEIRO HOMEM ERA FINEIAS, MEU MESTRE, TAMBÉM CONHECIDO COMO DIVES, QUE SIGNIFICA "HOMEM RICO" EM LATIM. UM APELIDO QUE OS POBRES MAIS PRÓXIMOS LHE DAVAM.
UM HOMEM RICO QUE SEMPRE SE VESTIA DE LINHO FINO, VIVENDO EM ESPLENDOR TODOS OS DIAS.
AGORA, SE VOCÊ TEM OUVIDOS PARA OUVIR, ESCUTE ATENTAMENTE A MINHA HISTÓRIA.

A COR PÚRPURA LHE CAI MUITO BEM.
É PARA UMA REALEZA!
É MELHOR QUE SEJA!
A SUA TINTA É UM CORANTE EXTRAÍDO DOS MELHORES MOLUSCOS DA FENÍCIA.
UM CORANTE QUE CUSTA MIL DIAS DE SALÁRIO POR QUILO!
E, COMO TESOUREIRO DA FAMÍLIA, JÁ FIZ O PAGAMENTO DE SUAS SETE TÚNICAS PÚRPURAS.
UMA PARA CADA DIA DA SEMANA, IRMÃO AMÓS.
SEM MENCIONAR A DELICADA ROUPA ÍNTIMA DO TEAR DE ABIGAIL.
A MELHOR TECELÃ DE JERUSALÉM.
SIM, E A MAIS CARA!
E POR QUE NÃO?
NOSSO PAI OMAR NÃO IRIA QUERER QUE SEUS FILHOS GOZASSEM DE SUA RIQUEZA,
EM ESPECIAL O MAIS VELHO?
FINEIAS?

OS ROMANOS CONTINUAM A CHAMÁ-LO POR DIVES!
LEMBRA-SE DAQUELE CRIADO TOLO QUE PENSAVA SER ESPERTO...
...E DIZIA SEU NOME LATINO COM CUIDADO: "DII-VESS"?
APESAR DE CORRETO, PARECIA UM DOS IDIOTAS FILISTEUS.
NÃO UM RICO, MAS O HOMEM RICO.
ELES SE ADMIRAM DE SUA SAÚDE!
E DEVERIAM.
COMO PRIMOGÊNITO, TENHO UMA HERANÇA DOBRADA E O PODER PARA GOVERNAR!
NÃO PERMITAS QUE NOS ESQUEÇAMOS, IRMÃO!
DEUS TEM ME FAVORECIDO MUITO. TUDO O QUE TOCO VIRA OURO.
E TODA JERUSALÉM ME INVEJA.
ÉS O PESADELO DOS SEUS CONCORRENTES NOS NEGÓCIOS!
VEJO QUE TROUXE MAIS JOVENS PARA SERVI-LO.
DEPOIS DE MINHA ESCOLHA, DESFRUTEM COM AQUELAS QUE QUISEREM.
CLARO, IRMÃO, COMO SEMPRE.

ONDE ESTÁ ELI, NOSSO IRMÃO MAIS NOVO? E RUBEM?
ELI SE AGRADA MAIS DA COMPANHIA DOS ESCRAVOS DO QUE DE SEUS IRMÃOS.
E RUBEM NÃO VOLTOU DE SEUS BANHOS ROMANOS.
NOSSOS BANHOS NÃO SÃO BONS PARA ELE? TALVEZ DEVAMOS CONSTRUIR OUTRO!
NÃO TE PREOCUPES!
UM BRINDE PARA FINEIAS, POR QUEM INCONTÁVEIS MOLUSCOS TÊM SACRIFICADO SUAS VIDAS!
A MELHOR TAÇA PARA O MELHOR DOS NOBRES.
O OURO DESTA TAÇA VALE MAIS DO QUE MISERÁVEIS NAS RUAS GANHAM A VIDA INTEIRA.
POR FINEIAS, NOSSO MAIOR IRMÃO!
NÃO!
POR NOSSO IRMÃO DIVES!
QUE DESFRUTE SEMPRE DA FELICIDADE, SAÚDE E RIQUEZA QUE TANTO MERECE.

VAMOS LIMPAR NOSSAS MÃOS COM PÃO BRANCO E QUE COMECE A FESTA DESTA NOITE!
AGORA, UMA CANÇÃO!
TOBIAS?
NÃO DEIXEM QUE TE VEJAM, TOBIAS. NOSSOS MESTRES NOS ESPANCARIAM SE SOUBESSEM SOBRE O PÃO.
SIM, NÃO DEIXEM QUE SAIBAM.

DO LADO DE FORA...
...O POBRE LÁZARO ESTAVA COBERTO DE FERIDAS, DESEJANDO COMER AS MIGALHAS QUE CAÍAM DA MESA.
SAIAM, SEUS CARNICEIROS IMUNDOS!
RAÇA DE SATANÁS!
TOBIAS, SÃO CRIATURAS DE DEUS, E NÃO DO DIABO.
DIGA ISSO AOS POBRES, QUE ESSES ANIMAIS SARNENTOS ESTÃO COMENDO TUDO!
ELES NÃO TENTARAM ME COMER.
ESTE CHAMO DE MIGUEL, E ESSE OUTRO, RAFAEL.
ELES LAMBEM AS MINHAS CHAGAS.
DEUS USA ELES PARA ME CURAR E ESPANTAR OS LADRÕES.
ELES SÃO OS MEUS GUARDIÕES!

ELES SÃO BESTAS SANGUINÁRIAS!
ELES VIVEM EM UM MUNDO AMALDIÇOADO, ABAIXO DA QUEDA DE ADÃO.
LEMBRE QUE UM DIA FORAM, E UM DIA VOLTARÃO A SER.
ESTÁ DIZENDO QUE HÁ UM CÉU PARA ESSES COMEDORES DE CADÁVERES?
NA NOVA TERRA PROMETIDA EM ISAÍAS, ONDE O MESSIAS REINARÁ, O LOBO ESTARÁ AO LADO DO CORDEIRO.
QUEM SABE?
LÁ PODEREI CORRER PELAS RUAS COM ESSES CÃES!
VOCÊ É LOUCO, VELHO!
OU TALVEZ O MUNDO SEJA LOUCO E EU SEJA SÃO POR ACREDITAR NA PALAVRA DE DEUS.
DEUS TEM UM PLANO PARA MIM, PARA ELES E ATÉ PARA VOCÊ, TOBIAS!
MAS NÃO DEVEMOS DISCUTIR. SHALOM!
VOCÊ ESCREVE BEM PARA UM MENDIGO E AINDA COM UM PEDAÇO DE CARVÃO!
EU NÃO FUI CRIADO COMO MENDIGO. APRENDI A ESCREVER NAS TÁBUAS DE ARGILA DO MEU PAI.
QUANDO TINHA DUAS MÃOS BOAS, FAZIA CANETAS PARA VIVER.
EU AS ESCULPIA COM OS MAIS FINOS MATERIAIS.
OS CLIENTES RICOS PAGAVAM POR ELAS E TAMBÉM PARA ESCREVER-LHES.
ESCREVIA COM TINTA E PAPIRO DA MELHOR QUALIDADE.
AGORA, FAÇO O QUE POSSO, O QUE TITO ENCONTRAR PARA MIM.
NÃO É, TITO?

O SEU ÓRFÃO GREGO ESTÁ QUIETO.
OS MELHORES APRENDIZES FALAM POUCO.
TENHO ENSINADO PARA QUE ELE NÃO ROUBE, MAS É UM GÊNIO EM ENCONTRAR AQUILO QUE OS OUTROS DESCARTARAM.
VOCÊ ESCREVE AS PALAVRAS DA TORÁ?
AS PALAVRAS DE ISAÍAS, QUE O MEU PAI ME FEZ MEMORIZAR QUANDO CRIANÇA.
"FOI DESPREZADO E REJEITADO PELOS HOMENS, UM HOMEM DE DORES E EXPERIMENTADO NO SOFRIMENTO."
"CERTAMENTE ELE TOMOU SOBRE SI AS NOSSAS ENFERMIDADES E SOBRE SI LEVOU AS NOSSAS DOENÇAS.
ELE FOI TRANSPASSADO POR CAUSA DAS NOSSAS TRANSGRESSÕES,
FOI ESMAGADO POR CAUSA DE NOSSAS INIQUIDADES".
VOCÊ LÊ BEM PARA UM SERVO!
MEU PAI FOI O ESCRIBA DO NOBRE OMAR.
ELE ME FEZ ESTUDAR, ME SUBORNANDO COM TÂMARAS E PASSAS TRAZIDAS DAS FESTAS DE OMAR!

"TODOS NÓS, TAL QUAL OVELHAS, NOS DESVIAMOS, CADA UM DE NÓS SE VOLTOU PARA O SEU PRÓPRIO CAMINHO; E O SENHOR FEZ CAIR SOBRE ELE A INIQUIDADE DE TODOS NÓS."
NÃO ENTENDO.
ENTÃO VAMOS CONVERSAR, COMO DOIS RABINOS FARIAM!
NÃO! NÃO POSSO FICAR.
VOCÊ FOI ENVIADO POR DEUS PARA NOS TRAZER COMIDA DE NOVO?
NÃO. NINGUÉM ME ENVIOU.
EU VIM POR CONTA PRÓPRIA, TRAZENDO PÃO USADO PARA LAVAR AS MÃOS DOS MEUS MESTRES.
ESTES SÃO OS MAIS LIMPOS.
OBRIGADO, TOBIAS. PEÇO DE NOVO, ME CHAME DE LÁZARO.
É SÓ UM NOME.
O SEU NOME. QUANDO VOCÊ SE FOR, NINGUÉM SE LEMBRARÁ NOVAMENTE.
E QUE NOMES SERÃO LEMBRADOS?
IMAGINO QUE O DO MEU MESTRE FINEIAS, FILHO DE OMAR.
AQUELE QUE CHAMAM DE DIVES? "HOMEM RICO" NÃO É BEM UM NOME.
E LÁZARO É?
AH, SIM. EM HEBRAICO SIGNIFICA ELEAZAR, OU SEJA, "DEUS É A MINHA AJUDA".
DEUS NÃO TEM TE AJUDADO MUITO!
NÃO TEM FORÇAS NEM PARA ESPANTAR ESSES ASQUEROSOS CACHORROS!

NÃO BLASFEME!
DEUS ME CRIOU E ME DEU AR PARA RESPIRAR.
ELE É A MINHA AJUDA! TENHO DOIS BRAÇOS, UM DELES AINDA FORTE.
LÁZARO, VOCÊ JÁ SEGUROU MADEIRA NUMA MÃO E CARVÃO NA OUTRA!
MAS POR DEZ ANOS NÃO CONSEGUE MAIS FAZER COISAS PARA VENDER!
MAS DEUS TEM PROVIDO ESSAS ROUPAS, CHAVIM.
ESSAS ROUPAS SÃO TRAPOS!
ELAS FEDEM. CÃES LIMPAM SUAS FERIDAS!
NÃO ME DIGA QUE DEUS TEM AJUDADO!
VOCÊ ESTÁ COM RAIVA, TOBIAS.
MAS EU TENHO PARTILHADO CONTIGO O PÃO DA PALAVRA DE DEUS.
E DEUS TEM TE ENVIADO PARA DIVIDIR O PÃO COMIGO.
EU JÁ DISSE, DEUS NÃO ME ENVIOU!
EU VIM PORQUE QUIS!

MAS DEUS NÃO PRECISA QUE SEUS INSTRUMENTOS SAIBAM QUE ELES SÃO INSTRUMENTOS, PRECISA?
ELE É UM PAI SOBERANO E MISERICORDIOSO.
ELE SE IMPORTA COM SEUS FILHOS.
EU SOU SEU FILHO.
QUE TIPO DE CUIDADO É ESTE?
SE EU FOSSE PODEROSO, EU TE TRATARIA MELHOR!
AH TOBIAS, SE EU OU VOCÊ FÔSSEMOS PODEROSOS...
...NÓS ESTARÍAMOS TODOS COM PROBLEMAS, NÃO ACHA?
HÁ MUITAS COISAS QUE DEUS SABE E VOCÊ, NÃO.
ELE ME MOSTRA BONDADE TODOS OS DIAS.
E ELE ME PROMETEU QUE TEREI UMA BONDADE AINDA MAIOR NA RESSURREIÇÃO.

QUE BONDADE?
DAVI DISSE QUE NA PRESENÇA DE DEUS HÁ PLENITUDE DE ALEGRIA; NA SUA DESTRA HÁ DELÍCIAS PERPÉTUAS.
QUANTOS ANOS TEM TITO?
TALVEZ DEZ.
SUA MÃE MORREU NO PARTO, A MENOS DE DOIS ESTÁDIOS DAQUI.
O SEU PAI GREGO ESTÁ PRESO POR DÍVIDAS.
DEUS ENVIOU O GAROTO PARA MIM.
ELE É MEU FIEL ASSISTENTE.
NOS AJUDAMOS, NÃO É TITO?
PRECISO VOLTAR AOS MEUS DEVERES ANTES QUE PERCEBAM.
NÃO SEI QUANDO VOLTAREI. EU TE TROUXE UMA SEGUNDA BOLSA, PARA QUE POSSA GUARDAR UM POUCO.
NÃO SOMOS OS ÚNICOS QUE PRECISAM.
APROVEITE PARA VOCÊ PRIMEIRO!
ESCONDA DO CÃES, E....
RRUMMBLE RRUMMBLE
AH, NÃO...

PARE!
PARE
AGORA!
IRMÃO!

PARE! DEIXE QUE ELE FALE POR SI...
ASSIM PARECE. SAIA DO CAMINHO, ELI!
SAIA DO MEU CAMINHO!
VOCÊ ME ROUBOU.
DEVO CORTAR A SUA MÃO.
NÃO, MESTRE! É O PÃO DESCARTADO QUE VOCÊS USARAM PARA LAVAR AS MÃOS.
APENAS É BOM PARA OS CÃES, E NÃO QUERIA DESPERDIÇÁ-LOS.
MAS VOCÊ ESTÁ, PORQUE É PARA OS MEUS CÃES.
NÃO É PARA ESTE LIXO.
MAS, IRMÃO, É HONRADO OS RICOS AJUDAREM OS POBRES.
NÃO ME FALE DE HONRA!
ELE É UM SERVO, O OUTRO É UM MENDIGO. EU SOU UM DOS MAIS RICOS DA CIDADE! POR QUÊ?
DEUS DÁ A CADA UM O QUE MERECE.
AGORA, DAREI A TOBIAS O QUE ELE MERECE!

POR FAVOR, FINEIAS, NÃO MACHUQUE SEU SERVO.
MOISÉS ADVERTIU CONTRA ISSO!
E QUE ME IMPORTA ESTE SERVO INDIGNO?
OU VOCÊ, MEU ESQUELÉTICO IRMÃO? EU SOU FILHO DE OMAR.
ALGUMAS VEZES ME PERGUNTO QUEM FOI O SEU PAI.
FALE MAL DE MIM, SE QUISER, MAS NÃO DESONRE NOSSA MÃE.
VÁ PARA DENTRO!
VOCÊ ME ENVERGONHA.
MAIS TARDE NOS FALAMOS.
UM PASSO A FRENTE, TOBIAS.
AGORA!

KRAK
KRAK
ANCIÃO, VOCÊ COMEU UM PÃO ROUBADO.
EU O ATIRARIA CONTRA A PAREDE QUE VOCÊ DESFIGUROU, SE NÃO TIVESSE DE TOCÁ-LO!
É A PALAVRA DE DEUS. A LEI DIZ QUE DEVEMOS ESCREVÊ-LA NOS PORTÕES E MUROS.
E DEVEMOS OBEDECÊ-LA.

NÃO NA MINHA PROPRIEDADE! EU FAÇO GENEROSAS DOAÇÕES AO TEMPLO.
O SUMO SACERDOTE TEM JANTADO À MINHA MESA!
DEUS DIZ PARA ALIMENTAR OS POBRES, NÃO EXPLORÁ-LOS.
ELE DIZ PARA DEFENDER AQUELES QUE NÃO PODEM DEFENDER-SE.
VOCÊ OUSA CITAR AS ESCRITURAS PARA MIM?
EU SOU UM FILHO DE ABRAÃO!
VOCÊ É UM PAVÃO INSUPORTÁVEL!
O QUE VOCÊ DISSE?
TOBIAS, O QUE ESSE PEDAÇO DE LIXO ME DISSE?

ELE DISSE... QUE VOCÊ É UM "CAÇADOR DE PAVÕES"... PELO SEU GOSTO POR ANIMAIS EXÓTICOS.
É VERDADE, NÃO É?
ESSES PAVÕES VALEM MAIS DO QUE VOCÊ RECEBE EM UM ANO, SERVO TOLO.
DEIXE ESSES CAMPONESES PARA OS CÃES LAMBEREM SUAS CARNES IMUNDAS.
PREFIRO SER LAMBIDO POR UM CÃO DO QUE BEIJADO POR DIVES.
TIRE ESSES MENDIGOS FEDORENTOS DO MEU PORTÃO!
AGORA!

E LAVE ESTES MUROS! NÃO DEIXE UMA ÚNICA PALAVRA!
AAAH!
PERDESTES UMA SEMANA DE SALÁRIO.
E SE ENCONTRÁ-LO MAIS UMA VEZ SERVINDO ESTES SUJOS AO INVÉS DE MIM, ALÉM DE EXPULSÁ-LO, QUEBRAREI SEUS BRAÇOS E PERNAS!
SLAP

IRMÃO, ISSO FOI DESNECESSÁRIO.
POR QUE VOCÊ AINDA ESTÁ AQUI?
O BANQUETE PARA O QUAL LHE CONVIDEI JÁ ACABOU.
NÃO SOU O ÚNICO QUE NÃO VEIO, NÃO É?
RUBEM NÃO VEM ÀS MINHAS FESTAS PORQUE TEM SEUS VÍCIOS...
...E EU NÃO VOU PARA EVITAR OS TEUS VÍCIOS.
BAH! VOCÊ DEFENDE A CRIADOS LADRÕES E ANDA COM OS MENDIGOS!
NÃO FOSSE PELA MEMÓRIA DE MEU PAI, O GOLPEARIA AQUI MESMO!
VEM, VAMOS EMBORA DAQUI...
EU... EU SINTO MUITO.

MAS O TEMPERAMENTO DO MEU MESTRE ESPANTOU OS MENDIGOS APENAS POR UM TEMPO.
AQUELES QUE TINHAM POUCO A PERDER, CORRIAM O RISCO POR CAUSA DA FOME E DESESPERO.
TEM CERTEZA DE QUE QUER VOLTAR TÃO RÁPIDO?
FICAREMOS BEM.
HÁ BEM MENOS PESSOAS.
O QUE ESTÁ ACONTECENDO, TITO?
VÁ, SEJA MEUS OLHOS E OUVIDOS!

EI, ESTE É
SIMÃO...

EU...
EU...
OBRIGADO!
OH,
OBRIGADO!

O QUE VOCÊ VIU?
ELE FEZ SIMÃO ANDAR!
SIMÃO? MAS... ELE É ALEIJADO COMO EU!
NÃO É MAIS!
TALVEZ ESTE HOMEM POSSA CURÁ-LO!
É JESUS DE NAZARÉ?
AQUELE QUE JOÃO CHAMOU DE CORDEIRO DE DEUS?
SIM! ELE É CHAMADO DE JESUS!
ELE É QUEM TROUXE LÁZARO DE BETÂNIA DOS MORTOS.
EU PRECISO VÊ-LO!
ELE ESTÁ PASSANDO, OLHE!
SE ALGUÉM TEM SEDE, VENHA A MIM E BEBA.

"QUEM CRER EM MIM, COMO DIZ A ESCRITURA, DO SEU INTERIOR FLUIRÃO RIOS DE ÁGUA VIVA."
ESTE É O PROFETA QUE MOISÉS FALOU?
O FILHO DE DAVI?
CERTAMENTE ELE É O MESSIAS.
SIMÃO... É VERDADE...
EU SOU O PÃO DA VIDA. AQUELE QUE VEM A MIM NUNCA TERÁ FOME.
AQUELE QUE CRÊ EM MIM NUNCA TERÁ SEDE.
ELE BLASFEMA!
AONDE ELE VAI, CAUSA DIVISÕES.
ELE CURA NO SÁBADO.
ELE COME COM OS GLUTÕES, BÊBADOS E PROSTITUTAS.
ELE DEVERIA SER PRESO!

O QUE ACONTECE LÁ FORA?
GUARDAS! VENHAM COMIGO!
QUEM SE ATREVE A CRIAR TAL COMOÇÃO NA ÁREA DE MINHA PROPRIEDADE?
É UM RABI, JESUS DE NAZARÉ.
NAZARÉ? AQUELA PEQUENA CIDADE FEDORENTA DA GALILEIA?
DIGA A ESSA GENTALHA INÚTIL PARA DAR PASSAGEM A FINEIAS, FILHO DE OMAR!
EU SOU A LUZ DO MUNDO.
QUEM ME SEGUE, NUNCA ANDARÁ EM TREVAS, MAS TERÁ A LUZ DA VIDA.
QUEM ELE PENSA QUE É?
APARENTEMENTE, O REI DO POVO DE RUA DE JERUSALÉM!

EU SOU A PORTA; QUEM ENTRA POR MIM, SERÁ SALVO.
ENTRARÁ E SAIRÁ, E ENCONTRARÁ PASTAGEM.
COMO SE ATREVE, UM MERO HOMEM A FAZER TAIS DECLARAÇÕES?
MAS... E SE ELE FOR MAIS DO QUE UM MERO HOMEM?
ELE FALA DE PASTAGENS.
LEVEM-NO DE VOLTA A GALILEIA, ONDE ELE PODE SE ENTENDER COM OS PASTORES MISERÁVEIS!
EU SOU O BOM PASTOR.
O BOM PASTOR DÁ A SUA VIDA PELAS OVELHAS.
O QUE ELE QUER DIZER COM DAR A VIDA?
E QUEM SÃO AS OVELHAS?
EU NÃO ENTENDO MUITO DO QUE ELE DIZ!

EU SOU A RESSURREIÇÃO E A VIDA. AQUELE QUE CRÊ EM MIM, AINDA QUE MORRA, VIVERÁ.
PAI LÁZARO... COMO PODEMOS VIVER MESMO MORTOS?
HÁ MUITO MAIS ALÉM DA MORTE.
JÓ, DANIEL E DAVI DISSERAM.
ESTE HOMEM PROMETE A VIDA ETERNA.
EU SOU O CAMINHO, A VERDADE E A VIDA.
NINGUÉM VEM AO PAI, A NÃO SER POR MIM.
ISSO É POSSÍVEL? ESTOU DIANTE DO PRÓPRIO MESSIAS?
EU LHES DIGO QUE MUITOS VIRÃO DO ORIENTE E DO OCIDENTE, E SE SENTARÃO À MESA COM ABRAÃO, ISAQUE E JACÓ NO REINO DOS CÉUS.
ELE SIGNIFICA MUITO PARA GENTIOS PAGÃOS!
MAS OS SÚDITOS DO REINO SERÃO LANÇADOS PARA FORA, NAS TREVAS.
ONDE HAVERÁ CHORO E RANGER DE DENTES.
ELE DIZ QUE ABRAÃO TEM FILHOS ENTRE ESTES MALDITOS!
OS MORTOS RESSUSCITARÃO?
VOLTAREMOS A VIVER?
MEU PAI DISSE: "EU SOU O DEUS DE ABRAÃO, ISAQUE E JACÓ".
ELE NÃO É DEUS DE MORTOS, MAS DE VIVOS!
ISSO NÃO PARECE BEM...

O MESTRE DIZ QUE ABRAÃO VIVE!
ABRAÃO, PAI DE VOCÊS, REGOZIJOU-SE PORQUE VERIA O MEU DIA; ELE O VIU E ALEGROU-SE.
VOCÊ SEQUER TEM CINQUENTA ANOS. COMO ALEGA TER VISTO ABRAÃO?
EU LHES AFIRMO QUE ANTES DE ABRAÃO NASCER, EU SOU!
ELE FALA BLASFÊMIAS!
BLASFEMO!!!
VOCÊ NÃO PODE FALAR ISSO!
ISSO NÃO PARECE BEM MESMO!
E BLASFÊMIA SIGNIFICA...
NÃO! ESPERE!

PARE!
DEIXE O RABI SE EXPLICAR!

MUITO BEM!
DEIXE ELE EXPLICAR SUAS MENTIRAS E BLASFÊMIAS!
PAI, O QUE ISSO SIGNIFICA?
POR QUE ELES QUEREM APEDREJÁ-LO?
"EU SOU" É O NOME DE DEUS REVELADO A MOISÉS.
ELE DIZ SER O "EU SOU", OU SEJA, O PRÓPRIO DEUS DA ETERNIDADE!
ISSO É BLASFÊMIA?
SIM, A NÃO SER QUE...
...QUE SEJA A VERDADE!
O ESPÍRITO DO SENHOR ESTÁ SOBRE MIM, PORQUE ELE ME UNGIU PARA PREGAR BOAS-NOVAS AOS POBRES.
Boas-novas aos pobres? O que isso quer dizer?

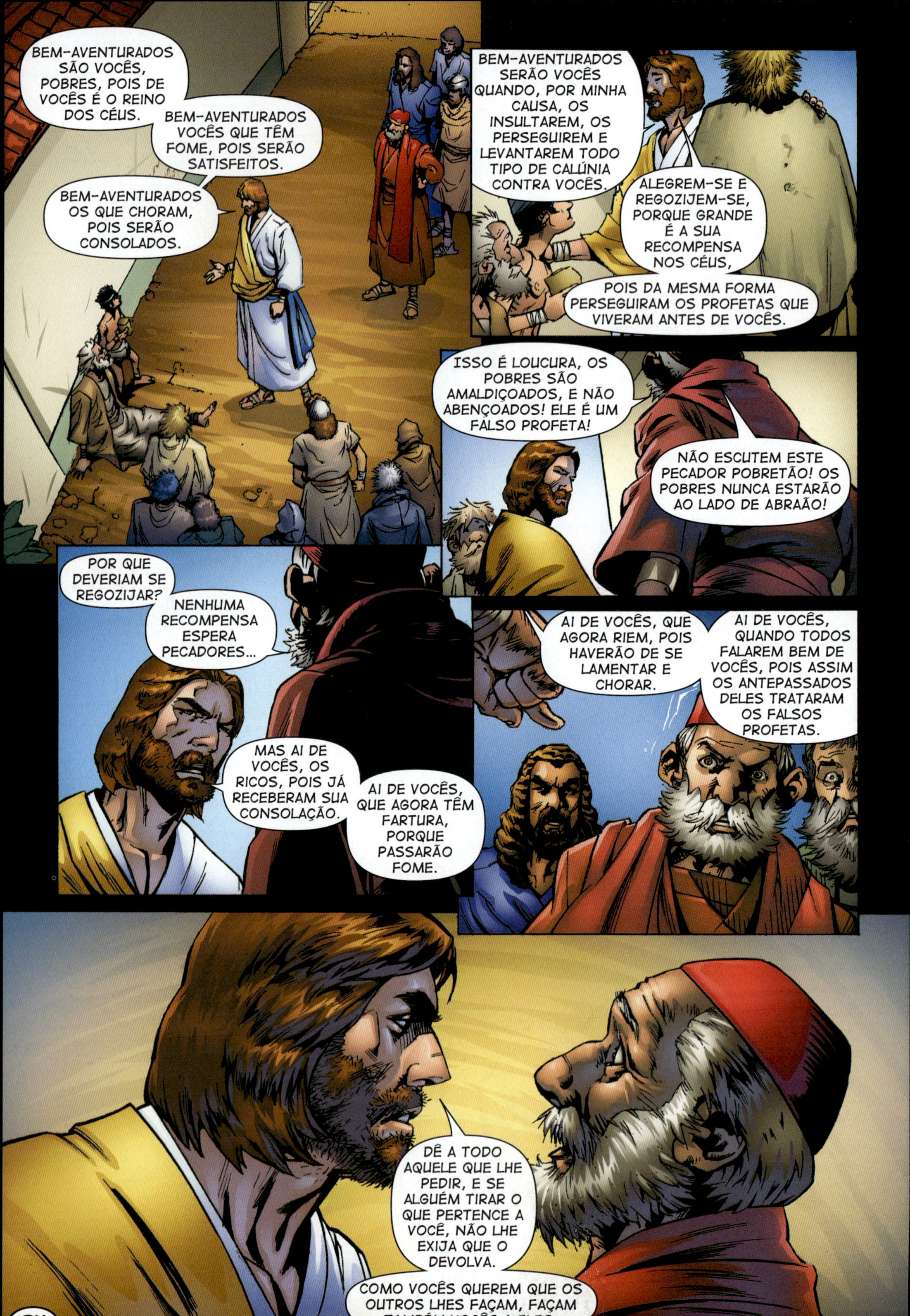
BEM-AVENTURADOS SÃO VOCÊS, POBRES, POIS DE VOCÊS É O REINO DOS CÉUS.
BEM-AVENTURADOS VOCÊS QUE TÊM FOME, POIS SERÃO SATISFEITOS.
BEM-AVENTURADOS OS QUE CHORAM, POIS SERÃO CONSOLADOS.
BEM-AVENTURADOS SERÃO VOCÊS QUANDO, POR MINHA CAUSA, OS INSULTAREM, OS PERSEGUIREM E LEVANTAREM TODO TIPO DE CALÚNIA CONTRA VOCÊS.
ALEGREM-SE E REGOZIJEM-SE, PORQUE GRANDE É A SUA RECOMPENSA NOS CÉUS,
POIS DA MESMA FORMA PERSEGUIRAM OS PROFETAS QUE VIVERAM ANTES DE VOCÊS.
ISSO É LOUCURA, OS POBRES SÃO AMALDIÇOADOS, E NÃO ABENÇOADOS! ELE É UM FALSO PROFETA!
NÃO ESCUTEM ESTE PECADOR POBRETÃO! OS POBRES NUNCA ESTARÃO AO LADO DE ABRAÃO!
POR QUE DEVERIAM SE REGOZIJAR?
NENHUMA RECOMPENSA ESPERA PECADORES...
MAS AI DE VOCÊS, OS RICOS, POIS JÁ RECEBERAM SUA CONSOLAÇÃO.
AI DE VOCÊS, QUE AGORA TÊM FARTURA, PORQUE PASSARÃO FOME.
AI DE VOCÊS, QUE AGORA RIEM, POIS HAVERÃO DE SE LAMENTAR E CHORAR.
AI DE VOCÊS, QUANDO TODOS FALAREM BEM DE VOCÊS, POIS ASSIM OS ANTEPASSADOS DELES TRATARAM OS FALSOS PROFETAS.
DÊ A TODO AQUELE QUE LHE PEDIR, E SE ALGUÉM TIRAR O QUE PERTENCE A VOCÊ, NÃO LHE EXIJA QUE O DEVOLVA.
COMO VOCÊS QUEREM QUE OS OUTROS LHES FAÇAM, FAÇAM TAMBÉM VOCÊS A ELES.

VENDAM O QUE TÊM E DEEM ESMOLAS.
FAÇAM PARA VOCÊS BOLSAS QUE NÃO SE GASTEM COM O TEMPO, UM TESOURO NOS CÉUS QUE NÃO SE ACABE, ONDE LADRÃO ALGUM CHEGA PERTO E NENHUMA TRAÇA DESTRÓI.
"POIS ONDE ESTIVER O SEU TESOURO, ALI TAMBÉM ESTARÁ O SEU CORAÇÃO."
EI!
PARE! ISSO É NOSSO!
TITOS! NÃO!
UGHN!
VOCÊ ESTÁ BEM?
ELE PEGOU NOSSO DINHEI-RO.
VOCÊ SIGNIFICA MAIS DO QUE MOEDAS, MEU FILHO.
ALÉM DISSO, AS PALAVRAS DE JESUS NOS FIZERAM RICOS.

O MENDIGO DESFIGUROU O MEU MURO DE NOVO!
É UM CRIMINOSO! NÃO HÁ JUSTIÇA?

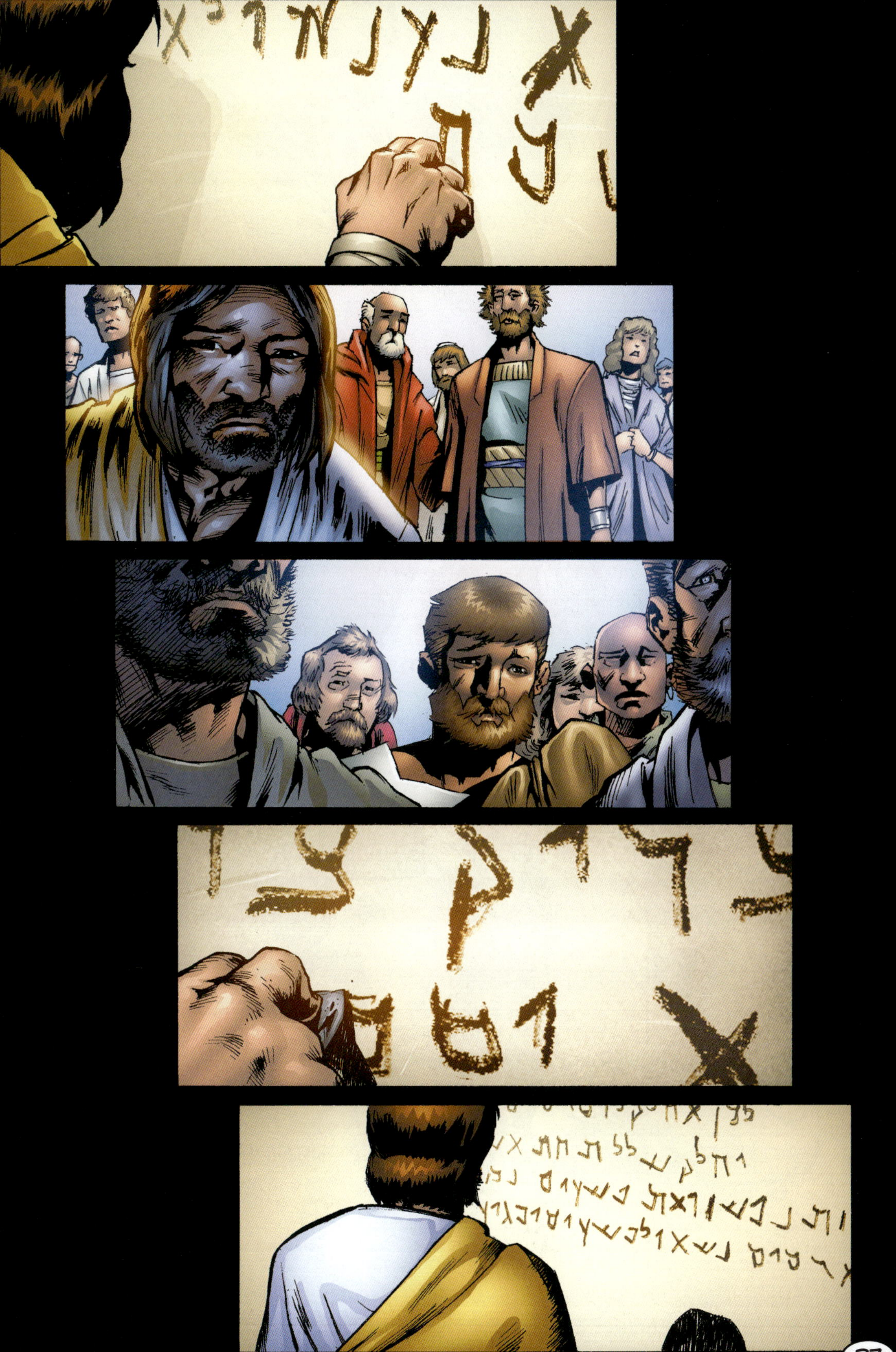

TODOS ASSISTIMOS SILENCIOSAMENTE ENQUANTO JESUS ESCREVIA NO SOLO.

VENHAM!
VOCÊ TAMBÉM, ELI!
NÃO, FINEIAS.
EU ESTOU LENDO.
EU QUERO ESTE MURO LIMPO!!

QUANDO FINEIAS PISOTEOU NAS PALAVRAS QUE JESUS ESCREVEU NO SOLO...
...EU VI LÁZARO COM RAIVA COMO NUNCA IMAGINEI!
NÃO, DEIXE COMO ESTÁ.
MAS O MESTRE DISSE...
EU TAMBÉM SOU FILHO DE OMAR.
E EU TENHO ALGO A MAIS PARA VOCÊ.

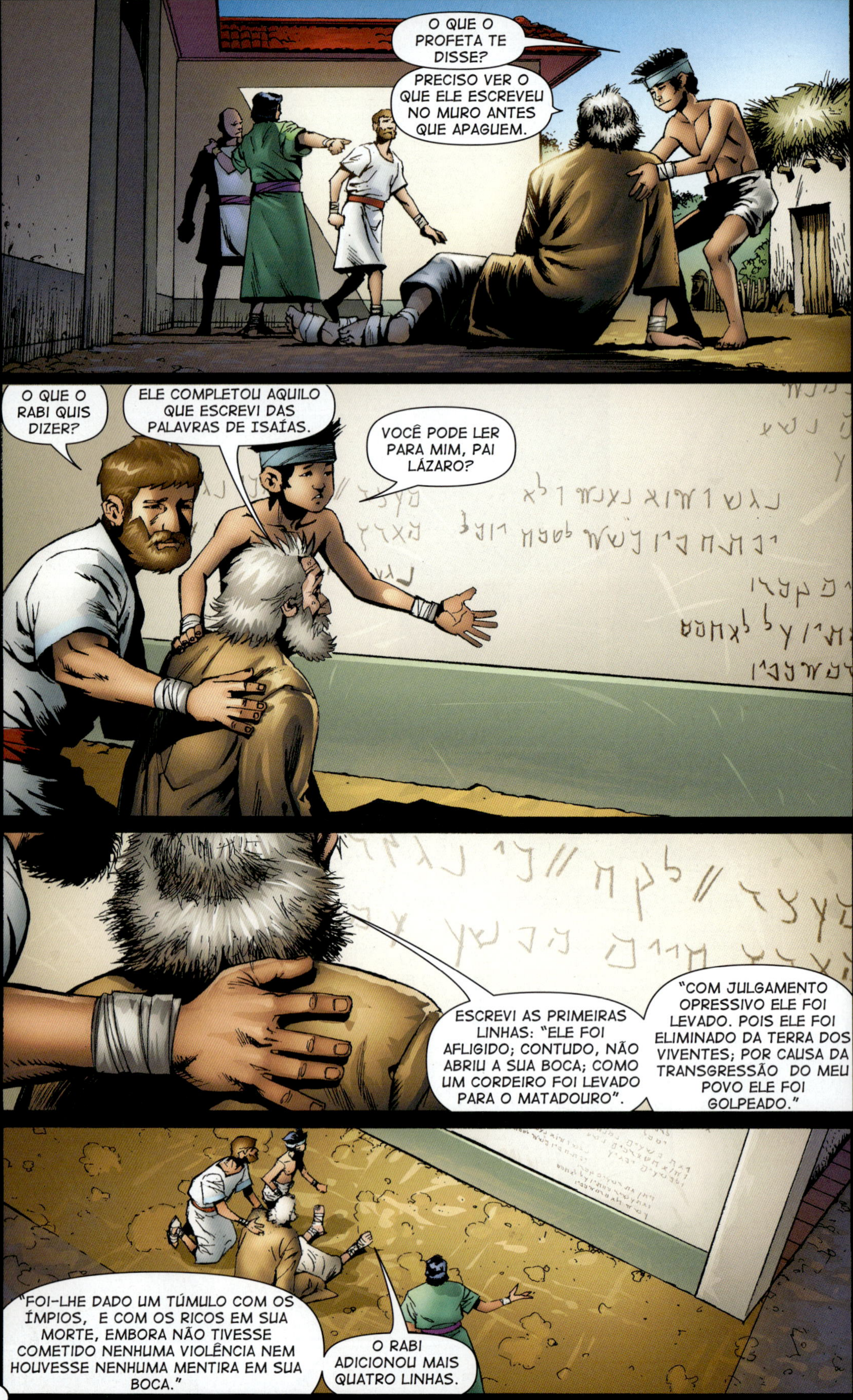
O QUE O PROFETA TE DISSE?
PRECISO VER O QUE ELE ESCREVEU NO MURO ANTES QUE APAGUEM.
O QUE O RABI QUIS DIZER?
ELE COMPLETOU AQUILO QUE ESCREVI DAS PALAVRAS DE ISAÍAS.
VOCÊ PODE LER PARA MIM, PAI LÁZARO?
ESCREVI AS PRIMEIRAS LINHAS: "ELE FOI AFLIGIDO; CONTUDO, NÃO ABRIU A SUA BOCA; COMO UM CORDEIRO FOI LEVADO PARA O MATADOURO".
"COM JULGAMENTO OPRESSIVO ELE FOI LEVADO. POIS ELE FOI ELIMINADO DA TERRA DOS VIVENTES; POR CAUSA DA TRANSGRESSÃO DO MEU POVO ELE FOI GOLPEADO."
"FOI-LHE DADO UM TÚMULO COM OS ÍMPIOS, E COM OS RICOS EM SUA MORTE, EMBORA NÃO TIVESSE COMETIDO NENHUMA VIOLÊNCIA NEM HOUVESSE NENHUMA MENTIRA EM SUA BOCA."
O RABI ADICIONOU MAIS QUATRO LINHAS.

"CONTUDO, FOI DA VONTADE DO SENHOR ESMAGÁ-LO E FAZÊ-LO SOFRER, A VIDA DELE FOI UMA OFERTA PELA CULPA.
DEPOIS DO SOFRIMENTO DE SUA ALMA, ELE VERÁ A LUZ E FICARÁ SATISFEITO.
MEU SERVO JUSTO JUSTIFICARÁ A MUITOS, E LEVARÁ A INIQUIDADE DELES."
"E FOI CONTADO ENTRE OS TRANSGRESSORES. POIS ELE LEVOU O PECADO DE MUITOS, E PELOS TRANSGRESSORES INTERCEDEU.
MAS... O QUE SIGNIFICA?
SIGNIFICA QUE É ELE - O CORDEIRO DE DEUS - O SACRIFÍCIO PELOS PECADOS DO POVO.
E O QUE ELE ESCREVEU NA AREIA?
EU NÃO ME ATREVO A DIZER.
POR QUE NÃO?
FOI UM... TETRAGRAMA*
AS QUATRO LETRAS?
O NOME DE DEUS.
HÁ QUEM DIGA QUE NÃO PODEMOS PRONUNCIAR SEM PERDER A REVERÊNCIA.
MAS APARECE NAS ESCRITURAS, ASSIM O POVO DE DEUS O CHAMAVA.
O NOME TEM ALGUM SIGNIFICADO?
SIM, QUER DIZER "EU SOU".

PERGUNTAVA A DEUS EM MEU CORAÇÃO: "ESTE É O MESSIAS?"
SABENDO A MINHA DÚVIDA, DE ALGUMA FORMA, JESUS DISSE "EU SOU".
E O QUE ELE TE DISSE?
ALGO QUE NÃO POSSO REPETIR.
AO MENOS, NÃO AGORA.

PARA VOCÊ.
PARA NÓS?
O-OBRI-GADO.
EU TENHO ALGO MAIS PARA VOCÊ.
EU NUNCA VI UMA CANETA TÃO FINA. NÃO SOU DIGNO.
VOCÊ É DIGNO, SIM.
...EU DEVO USAR PARA ESCREVER AS PALAVRAS DE DEUS.
POR ISSO VOCÊ É MAIS DIGNO PARA TÊ-LA QUE QUALQUER OUTRO NA CASA DE OMAR.
DOIS MESES SE PASSARAM DESDE AQUELE DIA EM QUE JESUS DE NAZARÉ PASSOU PELA NOSSA RUA EM JERUSALÉM.
NÓS NUNCA O VIMOS DE NOVO.
A ESPERANÇA QUE SENTI NAQUELE DIA TINHA DESAPARECIDO.

MAS AINDA RESPLANDECIA SOBRE LÁZARO, QUE ACREDITOU NO MESSIAS --
PAI, VOCÊ QUASE NÃO TEM FORÇAS PARA ESCREVER, E ELES CONTINUAM LIMPANDO TODA MANHÃ!
E ESTAVA CONVICTO DE TÊ-LO ENCONTRADO.
MAS DE QUE LHE SERVIA?
LÁZARO!
TOBIAS! OUVIU ALGUMA COISA SOBRE JESUS?
NOVIDADES?
SE ALGUÉM ERA CURADO, LÁZARO SE TORNAVA MAIS DOENTE E FRACO DO QUE ANTES.
NÃO, NADA PARA VOCÊ...
DEIXE-ME TRAZÊ-LO UM MÉDICO.
QUE MÉDICO VIRIA ATÉ OS POBRES?
ALÉM DISSO, NENHUM DELES PODERIA ME AJUDAR MAIS.
NÃO DIGA ISSO.
POR QUÊ? É A VERDADE.
O JOVEM TITO PRECISA DE VOCÊ.
MEU PAPEL COMO SEU APOIO LOGO ACABARÁ. CREIO QUE DEUS ESCOLHEU UM SUBSTITUTO.
QUEM?
VOCÊ SABE A RESPOSTA NO SEU CORAÇÃO, NÃO É, TOBIAS?
NÃO POSSO LEVAR TITO PARA A CASA DE DIVES!
ELES EXPULSARÃO A ELE E A MIM!
ATÉ O MESTRE ELI NÃO CONSEGUIRÁ ME PROTEGER DE DIVES.

SERÁ A SUA DECISÃO.
ESTOU INDO.
É HORA DE IR.
NÃO MORRA, VELHO.
NÃO É A MINHA ESCOLHA, VOCÊ SABE. O SALMISTA DISSE:
"PRECIOSA É PARA O SENHOR A MORTE DOS SEUS FIÉIS".
VOCÊ É UM SANTO, LHE ASSEGURO. EU GOSTARIA DE QUE O SEU DEUS O TRATASSE COMO PRECIOSO.
E EU DESEJO, TOBIAS, QUE VOCÊ POSSA CHAMÁ-LO DE SEU DEUS!
NÃO NOS DEIXE, LÁZARO.
QUEM IRÁ PREGAR PARA MIM?
ESCUTE JESUS, O CARPINTEIRO, CONSTRUTOR DE PALAVRAS E DE HOMENS...
E QUE PODE CONSERTAR A AMBOS...
PROCURE-O.
SE ELE O AMA, POR QUE NÃO O CUROU?
POR QUE O DEIXOU PARA MORRER?
VOCÊ ACHA QUE A MORTE É O FIM.
E SE FOR A PORTA DE ENTRADA PARA A VIDA ETERNA?
E SE O LUGAR PARA ONDE IREI ME TROUXER SAÚDE, RIQUEZA E FELICIDADE QUE NÃO SE ESGOTAM?

E SE TUDO O QUE FOR CORRETO AQUI FOR RECOMPENSADO LÁ, E TODO O ERRO FOR PUNIDO?
VOCÊ ACREDITA NISSO, LÁZARO?
EU CREIO. DEUS DISSE. É A VERDADE, ACREDITEMOS OU NÃO.
CHEGUE PERTO PARA OUVIR O QUE O MESSIAS ME SUSSUROU AQUELE DIA.
ELE DISSE: "EU VIM A VOCÊ PARA ABRIR O CAMINHO PELO QUAL VIRÁS A MIM".
ESSAS PALAVRAS SÃO PRA VOCÊ TAMBÉM, TOBIAS.
VOCÊ PRECISA ABRAÇÁ-LAS.
ENQUANTO VOCÊ PODE, ESTEJA PRONTO PARA A MORTE...
PROMETA, MEU FILHO.

NÓS CUIDAMOS DO CORPO DE LÁZARO CONFORME A TRADIÇÃO.
MAS A TUMBA DE UM HOMEM POBRE NÃO ERA O QUE ELE MERECIA.
SEM PERFUME, NEM MESMO UM SUDÁRIO APROPRIADO PARA LÁZARO!
EU JÁ O TINHA VISTO QUAL O SEU NOME?
CHAVIM, TENHO ESTADO NAS RUAS COM LÁZARO POR DEZ ANOS.
LÁZARO SÓ TEM A NÓS PARA PRANTEÁ-LO.
E QUE DIFERENÇA FARIA OS PRANTEADORES PAGOS?
DEUS SABE QUE FARÍAMOS MAIS SE PUDÉSSEMOS.
ONDE ESTÁ O PAI LÁZARO?
OS PAGÃOS DIZEM QUE FOI PARA UM BARCO...
ALGUNS DIZEM QUE ELE DORMIRÁ ATÉ A RESSURREIÇÃO.
OUTROS DIZEM QUE APENAS O CORPO DORME, MAS O ESPÍRITO VIVE NA PRESENÇA DE DEUS, ESPERANDO A RESSURREIÇÃO.
O QUE VOCÊ DIZ?
EU... EU NÃO SEI.

O QUE NÃO SABÍAMOS ERA O QUE ACONTECERIA COM LÁZARO NO MOMENTO QUE ELE MORREU.
QUEM É VOCÊ?
EU SOU ZOREL, SERVO DE ELOHIM, O DEUS ONIPOTENTE.

EU SOU LÁZARO, TAMBÉM SEU SERVO.
EU CONHEÇO VOCÊ. MAS NINGUÉM O CONHECE MAIS DO QUE O PRÓPRIO ELOHIM.
UM PODEROSO GUERREIRO ME FOI DESIGNADO?
ALGUMAS VEZES SENTI QUE HAVIA UM PROTETOR.
GERALMENTE ERA O PRÓPRIO ELOHIM, MAS TAMBÉM EU E OUTROS SERVOS.
MINHA TAREFA FOI SERVIR AO MESTRE SERVINDO VOCÊ.
MINHA TAREFA FOI SERVIR AO MESTRE TE SERVINDO.
ESTAMOS INDO PARA CASA, PELO MENOS ATÉ O DIA DA RESSURREIÇÃO.
O PARAÍSO É UMA LONGA JORNADA?
ESCOLHEMOS SE SERÁ CURTA OU LONGA. NO CAMINHO, VOU MOSTRÁ-LO O TRABALHO DAS MÃOS DE DEUS.
QUANTAS MARAVILHAS! ESSAS SÃO AS ESTRELAS QUE VEJO À NOITE?
ELAS DECLARAM A SUA GLÓRIA MESMO!
SIM! ELAS SÃO NUMEROSAS COMO OS GRÃOS DA AREIA, ASSIM COMO DEUS PROMETEU QUE A DESCENDÊNCIA DE ABRAÃO SERIA!
AGORA VOCÊ VÊ AS GALÁXIAS, CHEIAS DE ESTRELAS, E CADA GALÁXIA TEM AS SUAS INCONTÁVEIS ESTRELAS!

O QUE ESTÁ ACONTECENDO?
VOCÊ ESTÁ SE SENTINDO MAIS FORTE, NÃO ESTÁ?
EU SINTO...

MINHAS...
MINHAS...
PERNAS!
MINHAS PERNAS!
EU SINTO MINHAS PERNAS, MAS COMO, SE A RESSURREIÇÃO NÃO CHEGOU?

PEGUE-ME SE FOR CAPAZ!

BEM-VINDO, LÁZARO.
VOCÊ É... PAI ABRAÃO?
SIM!
NÃO FICO SURPRESO DE VOCÊ ME RECONHECER, APESAR DE NÃO NOS CONHECERMOS.
É ASSIM QUE FUNCIONA AQUI!
COMO VOCÊ SE SENTE, MEU FILHO?
COMO SE TIVESSE NASCIDO DE NOVO! COMO SE FOSSE O MUNDO REAL!
BEM-VINDO!
BEM-VINDO, LÁZARO!

ESSA GRANDE ÁRVORE... É ELA?
A ÁRVORE DA VIDA!
TRAZIDA DO EDEN ATÉ O PARAÍSO!
UM DIA DEUS IRÁ LEVÁ-LA À NOVA TERRA, ASSIM COMO TODOS NÓS!
PARAÍSO.
BOM NOME!
É GLORIOSO, MESMO INCOMPLETO ATÉ A RESSURREIÇÃO.
SOMENTE NA TERRA, COM CORPOS RESSUSCITADOS, QUE SEREMOS TUDO QUE DEUS QUER.
SINTO-ME FORA DO CORPO, MAS TUDO PARECE TÃO... FÍSICO.
DE ALGUMA FORMA, DEUS PERMITE QUE CONTINUEMOS ASSIM ATÉ RESSUSCITAR,
DANDO AOS NOSSOS ESPÍRITOS UMA CASA TEMPORÁRIA QUE PODEMOS HABITAR.
LÁZARO!
OLHE PRA VOCÊ!
NÃO É MAIS VELHO NEM ALEIJADO!
VOCÊ É JUDAS BEN PEREZ?
AQUELE SEM OLHOS E PERNAS?

EU TEREI OLHOS E PERNAS NA RESSURREIÇÃO!
MESMO AGORA, POSSO VER E ANDAR, COMO UM PRENÚNCIO DO QUE ESTÁ POR VIR!
BEM-VINDO AO SEU LAR, LÁZARO DE JERUSALÉM!
LAR?
SIM. NUNCA ME SENTI TÃO EM CASA.
PORQUE VOCÊ NUNCA ESTEVE!
AGORA QUE VOCÊ ESTÁ EM FAMÍLIA, SE SENTARÁ COMIGO À MESA E NOSSO MESTRE NA CABECEIRA.
MAS ONDE ESTÁ?
O DEUS QUE TENHO CONHECIDO E AMADO HÁ TANTO TEMPO?
ESTÁ AQUI, CLARO!
MAS AINDA NÃO ESTAMOS DIRETAMENTE EM SUA PRESENÇA.
ALGUMA COISA ACONTECERÁ ANTES DE VERMOS A DEUS.
O QUE VAI ACONTECER?
DEVEMOS ESPERAR JUNTOS. OS EVENTOS NA TERRA ESTÃO SE DESDOBRANDO RAPIDAMENTE.
ANJOS TREMEM POR CAUSA DO QUE ESTÁ ACONTECENDO LÁ.
O QUE QUER DIZER?

AGORA MEUS FILHOS MOISÉS E ELIAS ESTÃO NO MONTE.
VEJA COM QUEM FALAM!
É JESUS DE NAZARÉ!
NO MOMENTO QUE O VI, SOUBE QUE ERA O MESSIAS.
ELE É MAIS DO QUE SONHÁVAMOS QUE O MESSIAS SERIA!
MEUS AMIGOS, COMO ESTÃO?
VAMOS VÊ-LOS.
SEUS AMIGOS PRANTEARAM POR SUA MORTE, ELES SENTEM MUITO POR
NÃO OFERECER UMA SEPULTURA PARA VOCÊ.

TITO! CHAVIM! TOBIAS!
EU ESTOU BEM, NÃO PRECISAM PRANTEAR!
ESTOU INCRIVELMENTE RICO!
PODEMOS VÊ-LOS, MAS ELES NÃO NOS VEEM.
AH!
TOBIAS ESTÁ CUIDANDO DE TITO, AFINAL.
PENSEI QUE SE ALEGRARIA EM VÊ-LOS.
♫ Santo, Santo, Santo é o Senhor Poderoso! ♫
VOCÊ OUVIU ISTO?
É LINDO! SÓ REPAREI AGORA, MAS ACHO QUE ESCUTO DESDE QUE CHEGUEI AQUI.
SIM! OS SERAFINS NUNCA PARAM!
ELES ADORAM A DEUS NO SEU TRONO DE LUZ, SE INCLINAM DIANTE DELE E CANTAM HINOS A ELE!
EU AINDA ME PERGUNTO, QUANDO VEREI A DEUS E SEU TRONO?
♫ Santo, Santo, Santo é o Senhor Poderoso! ♫
O HOMEM CAÍDO NÃO PODE ENTRAR NA SANTA PRESENÇA DE DEUS!
AS ESCRITURAS DIZEM QUE NENHUM HOMEM PODE VÊ-LO E VIVER.
MAS O CARPINTEIRO PROMETEU QUE OS SEUS SEGUIDORES SE TORNARÃO PUROS E DIGNOS PARA VER A DEUS!
SEM NENHUM MÉRITO PRÓPRIO!
APENAS ATRAVÉS DE UM SACRIFÍCIO DE AMOR QUE NÃO IGNORE A SANTIDADE DE DEUS, MAS A SATISFAÇA.
ESSE É O SEU PLANO: FAZER ESSE "SACRIFÍCIO DE AMOR" TORNANDO-SE UM HOMEM, O MESSIAS.

EU SABIA QUE DEUS NÃO PODIA SE SATISFAZER COM SACRÍFICIOS DE ANIMAIS.
MAS NÃO IMAGINAVA QUE ELE SE TORNARIA UM HOMEM!
TODOS AQUI ASSISTIMOS SUA DESCIDA À TERRA, CONCEBIDO POR UMA CAMPONESA DA GALILEIA.
DEPOIS DE VÊ-LO NA RUA NAQUELE DIA, EU CRI NAQUILO QUE NÃO ME ATREVIA A DIZER.
ELE É O FILHO DE DEUS!
SIM, ELE É DEUS POR INTEIRO, MAS HOMEM POR INTEIRO.
UM MISTÉRIO QUE NEM OS ANJOS PODEM ENTENDER.
E DEUS PERMITIRÁ QUE MATEM SEU FILHO?
PERMITIR?
ELE VAI GARANTIR QUE ACONTEÇA!
UM PAI SACRIFICANDO SEU ÚNICO FILHO?
EU ENTENDO O QUE VOCÊ DIZ.
ELE POUPOU A VIDA DO MEU FILHO ISAQUE NOS DANDO UM SACRÍFICIO MAIOR.
MAS DEUS NÃO PODIA SALVÁ-LO, ASSIM COMO FEZ A SEU FILHO?
MEU FILHO FOI POUPADO PORQUE O FILHO DE DEUS SERIA SACRIFICADO!

LÁZARO NÃO ME DEIXOU NENHUMA ESCOLHA, CLARO.
ELE SABIA QUE EU NÃO NEGARIA SEU ÚLTIMO DESEJO.
SEU IRMÃO IRÁ PERMITIR?
ESTOU CERTO DE QUE ELE NÃO DEIXARIA, SE EU AVISASSE.
OU NEGARIA A TITO UMA CHANCE MELHOR NA SUA VIDA.
MAS MEU IRMÃO NÃO PRESTA MUITA ATENÇÃO A SERVOS QUE FAZEM BEM O SEU TRABALHO.
NÃO NOS DESAPONTE, TITO.
TITO NOS AJUDAVA COMO PODIA E SE MOSTROU MUITO ÚTIL.
FAZÍAMOS O POSSÍVEL PARA NOS MANTER LONGES DE DIVES, MAS AGORA ELE ESTAVA TÃO LIMPO E BEM VESTIDO QUE EU MESMO NÃO O RECONHECIA!
DE TODOS OS IRMÃOS, DIVES DEVERIA SER O ÚLTIMO À FRENTE DESTA CASA!
MAS ELE É O PRIMOGÊ-NITO!
EM UM MUNDO PERFEITO, ELI SERIA O SENHOR DA CASA.
MAS VOCÊS SABEM, ESTE NÃO É UM MUNDO PERFEITO...
PARA TITO, ESTA FOI UMA VIDA MELHOR QUE ELE JAMAIS TEVE.

ENTÃO, CHEGOU O DIA EM QUE MUITOS ESPERAVAM ANSIOSOS... E TUDO MUDOU.
IRMÃOS, ORDENEI QUE SE FAÇA UMA ESTÁTUA!
UMA ESTÁTUA MINHA, UM MONUMENTO DIGNO DA CASA DE FINEIAS!
VOCÊ QUIS DIZER A CASA DE OMAR, CERTO?
NOSSO PAI ESTÁ MORTO, AMÓS, OU SE ESQUECEU?
ESTA É AGORA A CASA DE FINEIAS! OU A CASA DE DIVES, COMO DIZEM!
E VOCÊS ESTÃO AQUI POR MISERICÓRDIA!
NÃO SOMOS TODOS FILHOS DE OMAR?
VOCÊS ESQUECEM QUEM EU SOU...
NÃO PRESTE ATENÇÃO NOS SEUS IRMÃOS MAIS NOVOS!
ELES BEBERAM MUITO, MAS VOCÊ NÃO.
SERVO! A TAÇA DO SENHOR!
BEBA ESTE RARO VINHO EGÍPCIO!

É O MAIS CARO QUE SE PODE COMPRAR!
ESTA TAÇA!
SIM, UM SÍMBOLO DOS SEUS EXCESSOS.
SEU "EXCESSO" SERÁ SUA RUÍNA.
ISTO É BOM!
O MELHOR QUE SE PODE COMPRAR?
NÃO ESPERAVA MENOS!
AGORA, IRMÃO, VAMOS CEAR JUNTOS!

SENHOR, SE SENTE BEM?
APENAS PENSANDO EM TOBIAS, OBRIGADO.

AH, A SOBREMESA CHEGOU.
UMA VARIEDADE DE BOLOS PARA VOCÊ, MESTRE DIVES.
E-EU... NÃO QUERO BOLOS...
VOCÊ NUNCA RECUSOU UM! ESTÁ SE SENTINDO BEM?
NÃO... E EU... S-SINTO...
GURRK
OH... NÃO...

MÉDICO!
VENHAM!
O MESTRE CAIU!
O QUE ESTÁ DIZENDO?
O QUE ACONTECEU?

ELE APENAS... CAIU!
SERÁ MUITO VINHO?
O MESTRE...
ESTÁ MORTO!

O QUÊ...

FINEIAS, FILHO DE OMAR; NÃO HOUVE HOMEM MELHOR NESTA TERRA!
FINEIAS, AFETUOSAMENTE CHAMADO DE DIVES, FOI GENEROSO E BOM, AMADO POR TODOS.
SEJA RECEBIDO NA CASA DE DEUS.
COMO SENTIREMOS SUA FALTA! COMO SENTIREMOS!
O QUE FOI, LÁZARO?
O SENHOR DA CASA QUE EU MENDIGAVA... PARECE QUE ELE MORREU.
TODOS MORREM,
MAS NEM TODOS ESTÃO PREPARADOS.
ESTOU EM CHOQUE COM A MORTE DESTE AMADO IRMÃO.
COMO UMA PUJANTE FLOR ARRANCADA PELA BOA MÃO DE DEUS.
NÓS PERDEMOS, MAS OS CÉUS GANHAM, ASSIM COMO FOI COM ENOQUE.
NÃO ESTÁVAMOS PREPARADOS PARA ESTA IDA PRECOCE DE NOSSO IRMÃO.
ELE ERA TÃO ADMIRADO COMO UM HOMEM HÁBIL!
JERUSALÉM TEVE POUCOS COMO ELE.
NENHUM OUTRO COMO O VENERADO FINEIAS.
PRANTEAMOS SUA MORTE.

ELI? UMA PALAVRA SOBRE NOSSO IRMÃO?
NÃO AGORA, NÃO POSSO..
NÓS AGRADECEMOS A DEUS PELOS ESFORÇOS DE NOSSO IRMÃO PELA CASA DE OMAR.
MAL PODEMOS PENSAR COMO SEGUIREMOS SEM ELE.
FINEIAS, FILHO DE OMAR, FOI UM HOMEM GENEROSO...
...UM AMIGO DE ISRAEL E DO TEMPLO, UM NOBRE FILHO DE ABRAÃO!
COMO ELE FOI GRANDE NA TERRA, ASSIM SERÁ GRANDE NOS CÉUS!
PARA SEMPRE HONRADO NA CASA DE ABRAÃO!
PELOS SEUS SERVIÇOS COMO PRANTEADORES.
NOS CHAMEM SE PRECISAREM DE NOVO!
ESPERAMOS QUE NÃO SEJA TÃO CEDO!
OBRIGADO POR VIR E POR SUAS BELAS PALAVRAS.
ESPERO QUE SIGAM... HAN... A RELAÇÃO DE CARIDADE QUE O SEU IRMÃO TINHA.
MAS É CLARO.
É UM CONSOLO SABER QUE ELE ESTÁ EM UM LUGAR MELHOR...

EU...
O QUE É ISSO?

PAI ABRAÃO, TENHA MISERICÓRDIA DE MIM!
NÃO ESTÁ NAS MINHAS MÃOS, E SIM NAS DE DEUS.
PEÇA A ELE.
NÃO, NÃO ELE!
VOCÊ É O MEU PAI, ABRAÃO.
NÃO PODE UM PAI FAVORECER O SEU FILHO?
VOCÊ É UM DESCENDENTE, MAS NÃO FILHO.
SE FOSSE UM FILHO, ACREDITARIA NO MEU PAI.
VOCÊ DEVERIA TER CONFIADO NÃO EM ABRAÃO, MAS NO DEUS DE ABRAÃO.
EU ACREDITO EM DEUS!
VOCÊ ACREDITA NUM ÍDOLO DE SUA IMAGINAÇÃO...
NÃO NO DEUS JUSTO E MISERICORDIOSO, REDENTOR DOS HOMENS.
MAS EU PAGUEI PARA QUE SACRIFÍCIOS FOSSEM FEITOS POR MIM.
EU DOEI UTENSÍLIOS PARA O TEMPLO, RECONSTRUÍ OS MUROS DA SINAGOGA COM OURO!

VOCÊ FEZ ESSAS COISAS PARA SUA GLÓRIA, E NÃO PARA DEUS!
MAS EU SEMPRE ACREDITEI.
VOCÊ ACREDITA NO DEUS PAI, CUJAS PALAVRAS REJEITOU?
VOCÊ ACREDITA NO DEUS FILHO, A QUEM DESEJOU A MORTE?
O GALILEU? O CARPINTEIRO?
ELE É O FILHO BASTARDO DE UMA CAMPONESA!
ELE É DESCENDENTE DO REI DAVI.
MAIS DO QUE ISSO, ELE É O REI DOS CÉUS QUE SE ESVAZIOU AO SE TORNAR UM CARPINTEIRO, PARA QUE AS PESSOAS CONHEÇAM A DEUS.
VOCÊ DIZ QUE DEUS É UM CAMPONÊS?
ELE SE FEZ HUMILDE PARA TRAZER A REDENÇÃO PARA UM POVO CAÍDO E UM PLANETA AMADIÇOADO!
ELE É O MESSIAS!
ABSURDO!
O MESSIAS VIRÁ EM PODER E ESPLENDOR PARA NOS LIVRAR DOS OPRESSORES!
ELE DARÁ RIQUEZAS A SEUS FILHOS, NÃO SE AJUNTARÁ COM OS POBRES!

ENTÃO VOCÊ É UM PROFESSOR?
DEUS PODE LEVANTAR FILHOS DE ABRAÃO DAS PEDRAS.
TALVEZ, MAS VOCÊ NÃO SABE QUEM SOU!
EU SOU FINEIAS, UM HOMEM RICO E RESPEITÁVEL, UM AMIGO DO PRÓPRIO SUMO SACERDOTE!
AQUI ENXERGAMOS A SUA REPUTAÇÃO COMO ELA REALMENTE É!
VOCÊ NÃO TEM MAIS RIQUEZAS.
VOCÊ SÓ TEM A SI MESMO, E ISSO NÃO LHE BASTA.
MAS EU SOU FINEIAS, EU SOU...
VOCÊ NÃO É NADA.
TUDO O QUE VOCÊ TEM SÃO MEMÓRIAS DE UMA VIDA PERDIDA...
... EM QUE AMONTOOU SOBRE SI UM JULGAMENTO INTERMINÁVEL!
MEUS OLHOS SE ENGANAM?
EU VEJO O MENDIGO LÁZARO PRÓXIMO A VOCÊ NO BANQUETE, EM LUGAR DE HONRA?
PELA PRIMEIRA VEZ VOCÊ VÊ CLARAMENTE.
ISAÍAS DISSE QUE O PRÓPRIO SENHOR PREPARARIA O BANQUETE.
E O MESSIAS, JESUS, DISSE QUE ELE VIRIA DE LESTE PARA OESTE PARA SENTAR-SE COM ABRAÃO, ISAQUE E JACÓ.

PAI, NÃO HÁ UM LUGAR PARA MIM NESTA MESA?
VOCÊ CONTINUA ME CHAMANDO DE PAI.
MAS MEUS VERDADEIROS FILHOS NÃO SE NEGARIAM A ADORAR E HONRAR O NOIVO, O CARPINTEIRO DE NAZARÉ.
MAS EU MEREÇO MAIS DO QUE ISSO.
PENSE EM TUDO QUE EU REALIZEI!
VOCÊ TERÁ EXATAMENTE O QUE MERECE, NEM MAIS NEM MENOS.
VOCÊ NÃO FEZ NADA QUE IRÁ DURAR.
LÁZARO AJUNTOU SEUS TESOUROS NO CÉU, ENQUANTO VOCÊ DEIXOU OS SEUS NA TERRA.
EU TENHO CINCO IRMÃOS.
AGORA MESMO OS SEUS QUATRO IRMÃOS EVITAM O SALVADOR.
APRENDERAM CONTIGO.
SIM, MAS UM DELES NÃO SEGUIU SEU CAMINHO.
VOCÊ SE REFERE AO HIPÓCRITA ELI?
A JUSTIÇA DELE ESTÁ EM DEUS.
JÁ A SUA JUSTIÇA ESTÁ EM SI MESMO.
PORTANTO, NENHUMA.

O ENTERRO DE DIVES!
COMPARE COM O PATÉTICO FUNERAL DE LÁZARO.
POR QUE NÃO HÁ JUSTIÇA?
VOCÊ PREFERIA SER DIVES A LÁZARO?
NESTE MUNDO? MAS É CLARO.
ENTÃO VOCÊ É UM TOLO.
NENHUM DOS DIAS QUE PASSARMOS AQUI IMPORTARÁ NA ETERNIDADE...
...SE AS ESCRITURAS FOREM VERDADEIRAS, AMBOS PASSARÃO MUITO TEMPO ONDE ESTIVEREM.
ISTO... NÃO PODE SER...

TANTA... SEDE...
ESTOU COM SEDE!
DIGA PARA LÁZARO MOVER SEU DEDO PARA REFRESCAR-ME A LÍNGUA!
ESTOU EM AGONIA COM ESTAS CHAMAS!
VOCÊ ACREDITA QUE LÁZARO É UM SERVO OBRIGADO A ALIVIAR SUAS DORES?
O CARPINTEIRO NÃO DISSE QUE AJUDARIA OS NECESSITADOS?
ESTOU NECESSI-TADO!

VOCÊ MESMO CRIOU ESSE CENÁRIO.
MOISÉS E OS PROFETAS ADVERTIRAM CONTRA O ORGULHO, ARROGÂNCIA E APEGO ÀS RIQUEZAS.
ELES ORDENARAM QUE VOCÊ AJUDASSE O NECESSITADO.
MAS EU DOEI AO TEMPLO E...
VOCÊ IGNOROU E DESPREZOU OS POBRES. ASSIM COMO FEZ COM O MESSIAS.
CRIANÇA, DURANTE A SUA VIDA VOCÊ RECEBEU BOAS COISAS, E LÁZARO, AS PIORES.
AGORA ELE É CONSOLADO, ENQUANTO VOCÊ SOFRE.
ISSO NÃO É JUSTO!
O QUE VOCÊ SABE SOBRE JUSTIÇA?
O MAIS PERTO QUE VOCÊ CHEGOU DO PARAÍSO
E O MAIS PERTO QUE LÁZARO CHEGOU DO INFERNO...
... FOI NA TERRA!
VOCÊ ME CHAMOU DE CRIANÇA. NÃO PODE ME DAR UMA SEGUNDA CHANCE?
DEUS LHE DEU SEGUNDAS CHANCES TODOS OS DIAS DA SUA VIDA! AGORA É MUITO TARDE...
MAS... O PARAÍSO NÃO PARECE TÃO LONGE. EU POSSO VER!
ESTÁ MAIS LONGE DO QUE VOCÊ IMAGINA, PORQUE REJEITOU O ÚNICO QUE PODERIA TRAZÊ-LO ATÉ AQUI.
MAS... EU NÃO SABIA!
VOCÊ ESCOLHEU NÃO SABER.
POUCO DEPOIS DE SUA MORTE, VOCÊ DESCOBRIU O QUE DEVERIA TER PROCURADO EM VIDA.

NINGUÉM PRECISA ESPERAR A MORTE PARA DESCOBRIR COMO DEVERIA VIVER.
E COMO EU SABERIA?
DEUS SE REVELA NAS ESCRITURAS.
VOCÊ DEVERIA TER BUSCADO ESCUTAR A VERDADE DIARIAMENTE, ENQUANTO VOCÊ AINDA ERA CAPAZ DE ESCOLHER.
OS ANJOS VÃO DOS CÉUS À TERRA E OS HOMENS DA TERRA ATÉ AÍ.
É POSSÍVEL ME RESGATAR DAQUI!
NÃO. ENTRE NÓS E VOCÊ EXISTE UM IMENSO ABISMO.
NINGUÉM PODE TRILHAR ESTE CAMINHO.
O DESTINO DE CADA UM É CRAVADO NA MORTE. É TARDE.
PAI, POR FAVOR, ENVIE LÁZARO PARA A CASA DE MEU PAI, PARA AVISAR MEUS IRMÃOS SOBRE ESTE TORMENTO!
"MAIS UMA VEZ, VOCÊ DIZ PARA LÁZARO FAZER ALGO, COMO SE FOSSE SEU SERVO!
ELE NÃO É."
"MAS É CERTO QUE DEUS O ENVIOU PARA VOCÊ E SEUS IRMÃOS!"
O QUE QUER DIZER?
TODOS OS DIAS, ELE ESTAVA À SUA PORTA.
TODOS OS DIAS, VOCÊ PODIA TÊ-LO AJUDADO, COMO ORDENAM AS ESCRITURAS.
LÁZARO ERA UM TESTE.
E VOCÊ FALHOU.
"POR FAVOR, SE NÃO LÁZARO, ME ENVIE DE VOLTA PARA AVISÁ-LOS!"
ELES JÁ TÊM MOISÉS E OS PROFETAS.
QUE ESCUTEM A DEUS POR MEIO DAS ESCRITURAS!

MAS SE ALGUÉM VOLTAR DOS MORTOS, ELES IRÃO SE ARREPENDER!
OUTRO LÁZARO JÁ RESSUSCITOU DOS MORTOS E OS RELIGIOSOS SE RECUSARAM A ACREDITAR,
INCLUSIVE VOCÊ E SEUS IRMÃOS.
MAS ELES CRERÃO SE ME VIREM!
EU VOLTAREI POR ELES!
ISSO NÃO É PROVA DE QUE HÁ AMOR EM MEU CORAÇÃO?
VOCÊ ESTÁ MAIS PREOCUPADO CONSIGO DO QUE COM ELES.
SE PUDESSE ALIVIAR SUA DOR, SERIA APENAS TEMPORÁRIO.
NÃO OUVIU O MEU ARREPENDI-MENTO?
VOCÊ SENTE REMORSO, NÃO ARREPENDIMENTO.
E NÃO PODE SAIR, JÁ QUE SEU ESTADO JÁ FOI DECRETADO NO MOMENTO EM QUE MORREU.
MAS MEUS IRMÃOS...

SETE MESES DEPOIS.
CADA VEZ QUE PODIA, ESCUTAVA A JESUS DE NAZARÉ E LEVAVA TITO COMIGO.
SUAS PALAVRAS ALCANÇAVAM NOSSO CORAÇÃO, DO GOZO À TRISTEZA.
... OS ÚLTIMOS SERÃO OS PRIMEIROS, E OS PRIMEIROS SERÃO OS ÚLTIMOS...
NÓS O VIMOS AJUDAR OS NECESSITADOS.
A TUA FÉ TE CUROU...
AINDA QUE O "MESTRE DA CASA" NÃO ESTIVESSE, SEMPRE HAVIA MUITO TRABALHO...
EU OUVI QUE ENCONTRARAM VENENO NA COZINHA!
APOSTO QUE FOI TOBIAS! ELE SEMPRE ODIOU A DIVES.
VOCÊS DOIS, AO TRABALHO!
... MAS ELE SEMPRE ENCONTRAVA TEMPO PARA ESCUTÁ-LO, QUANDO JESUS PASSAVA.
ELE ENSINAVA POR MEIO DE MUITAS HISTÓRIAS E UMA TARDE, ENQUANTO ESCUTÁVAMOS...
HAVIA UM HOMEM RICO QUE VIVIA NO LUXO TODOS OS DIAS.
DIANTE DO SEU PORTÃO, ESTAVA UM MENDIGO CHAMADO LÁZARO, COBERTO DE CHAGAS...
TOBIAS, PODERIA SER SOBRE...?
ELE FALA SOBRE A VIDA APÓS A MORTE... E SIM, É SOBRE LÁZARO E DIVES!
"... O HOMEM RICO GRITOU: 'PAI ABRAÃO, TEM MISERICÓRDIA DE MIM! MANDA LÁZARO PARA CÁ...'"
ASSIM QUE EU APRENDI MUITO A RESPEITO DO OUTRO MUNDO.

ATÉ QUE UM DIA O CARPINTEIRO ENTROU COM ALVOROÇO EM JERUSALÉM, A CIDADE DO REI.
AS PESSOAS PENSAVAM QUE ELE CHAMARIA OS ANJOS DOS CÉUS PARA VENCER OS ROMANOS, E DEPOIS SE ASSENTARIA NO TRONO.
HOSANA!
BENDITO SEJA O FILHO DE DAVI!
O MESSIAS!
HOSANA!
EU TAMBÉM QUASE ACREDITEI.
MAS O QUE REALMENTE ACONTECEU EU NUNCA ESQUECEREI.
TOBIAS! VOCÊ PRECISA VIR!
POR QUÊ? O QUE ACONTECEU, ELI?
É JESUS!
ELE FOI PRESO, JULGADO E CONDENADO!
NUMA ÚNICA NOITE!
E AGORA, HOJE...

PAI, PERDOA-LHES, POIS NÃO SABEM O QUE ESTÃO FAZENDO.

ELE SALVOU A OUTROS, MAS NÃO PODE SALVAR A SI MESMO!
ELE NÃO PODE?
OU ESTA NÃO É A SUA ESCOLHA?
VOCÊ NÃO É O CRISTO?
SALVE A SI MESMO E A NÓS!
VOCÊ NÃO TEME A DEUS? NÓS SOMOS PECADORES!
MERECEMOS A MORTE!
MAS ESTE HOMEM NÃO COMETEU NENHUM MAL!
AQUELE É O HOMEM QUE ME BATEU E PEGOU O NOSSO DINHEIRO QUANDO JESUS ESTAVA PRÓXIMO A CASA DE DIVES!
ELE ME EMPURROU NO CHÃO!
JESUS NÃO MERECE MORRER AO LADO DE ALGUÉM QUE ROUBOU DE UMA CRIANÇA FAMINTA!

JESUS, LEMBRA-TE DE MIM QUANDO ENTRARES NO TEU REINO!
EU LHE GARANTO: HOJE VOCÊ ESTARÁ COMIGO NO PARAÍSO.

O QUE FOI ISSO?
MIGUEL, O ARCANJO, COMANDANTE DO EXÉRCITO CELESTIAL.
A MAIS NOBRE E PODEROSA DE TODAS AS CRIATURAS.
MAS ELES PODERÃO INTERVIR? SALVAR O FILHO DE DEUS COMO UM ANJO SALVOU A VOCÊ?
"APENAS SE DEUS PERMITIR"
EU CHAMEI UM DOS MEUS CÃES DE MIGUEL.
ACHO QUE NÃO DEVERIA.
NÃO CONTAREMOS.
TALVEZ ELE ATÉ GOSTASSE.
"JESUS PODERIA FALAR UMA PALAVRA E LEGIÕES DE GUERREIROS INVADIRIAM A TERRA, ELIMINANDO SEUS INIMIGOS NUM PISCAR DE OLHOS."
DEUS CRIADOR, NOS DEIXE CURÁ-LO!
DEIXE-NOS TORNAR SEUS INIMIGOS COMO O PÓ E LEVANTAR UM ESTANDARTE REAL SOBRE O SEU SANGUE!

SOBERANO REI, PERMITA QUE LUTEMOS A GUERRA SANTA AGORA, E SEPULTAREMOS OS ÍMPIOS DE UMA VEZ POR TODAS!
SANTO MESTRE, DÁ-NOS A PERMISSÃO PARA ATRAVESSAR OS COVARDES COM A ESPADA DE SUA JUSTIÇA!
PODEROSO SENHOR, DIGA UMA PALAVRA E NÓS LIVRAREMOS OS COSMOS PARA SEMPRE DE QUALQUER MAL!
SE ATREVEM A FERIR O SANTO! DEVEMOS AJUDÁ-LO!
Aquietai-vos!

POR QUE DEIXA TORTURAREM A SEU FILHO?
MESTRE, POR QUE NÃO NOS DEIXA PROTEGÊ-LO E DEFENDER SUA HONRA?
MIGUEL, PORQUE ANTES MESMO DO INÍCIO DOS TEMPOS NÓS SABEMOS QUE É A ÚNICA FORMA DE SALVÁ-LOS.
TRÊS HORAS ATROZES SE PASSARAM E TODA A TERRA SE ENCHEU DE ESCURIDÃO.

EU NÃO DEIXAVA DE ME PERGUNTAR...
...SE ELE ERA O MESSIAS, POR QUE JESUS FOI DEIXADO PARA SOFRER SEM A AJUDA DO SEU PAI?
MEU DEUS! MEU DEUS! POR QUE ME ABANDONASTE?
O VÉU DO TEMPLO – QUE SIMBOLIZAVA A SEPARAÇÃO ENTRE O HOMEM PECADOR E O DEUS SANTO – SE RASGOU DE CIMA PARA BAIXO; SOMENTE COMO A MÃO DE DEUS PODERIA FAZÊ-LO.

ESTÁ CONSUMADO.
PAI, NAS TUAS MÃOS ENTREGO O MEU ESPÍRITO.

MAS EU PENSEI QUE... SE ELE É O MESSIAS, DEVERIA AGIR COMO UM REI.
VOCÊ NÃO ENTENDEU AS PALAVRAS DE ISAÍAS QUE ESCREVEU NOS MUROS?
ANTES DE GOVERNAR COMO UM REI, O MESSIAS DEVE SACRIFICAR-SE PARA REDIMIR A HUMANIDADE.
MAS O PRÓPRIO DEUS VENCIDO PELA MORTE...
COMO ISSO É POSSÍVEL?
VOCÊ PENSA QUE A MORTE VENCEU?
A BATALHA NÃO ACABOU, LÁZARO.
ALGUÉM ESTÁ VINDO!

ABRAÃO, SERVO FIEL.
SAUDAÇÕES, LÁZARO,
VOCÊ PARECE MELHOR DO QUE EM NOSSO ÚLTIMO ENCONTRO!
EU O VI CRUCIFICADO, MEU REI.
COMO LHE DISSE, FOI NECESSÁRIO PARA NOS ENCONTRARMOS DE NOVO...

...E TAMBÉM A ABRAÃO E TODOS QUE ESTÃO AQUI.
MAS QUASE TODOS VIERAM ANTES DE SUA IDA E MORTE NA TERRA, NÃO É?
EU SOU O CORDEIRO QUE FOI IMOLADO DESDE A FUNDAÇÃO DO MUNDO.
OS ANTIGOS ENTRARAM AQUI POR SUA FÉ NA OBRA REDENTORA DE DEUS NO FUTURO.
CIRO, CONDENADO COMO LADRÃO, AGORA É UM FILHO DE DEUS.
BEM-VINDO.
SENHOR, ME PROMETESTE... MAS NÃO SOU DIGNO DE ESTAR AQUI.
NÃO, NÃO É.
NEM MESMO OS DEMAIS.
O PARAÍSO É A PENA PARA AQUELES QUE SABEM NÃO SEREM DIGNOS.
E A QUEM ACEITA O MEU PAGAMENTO PELOS SEUS PECADOS.
BEM-VINDO, CIRO!
NOS ENCONTRAMOS POUCO LÁ...
SIM, EU... TE ROUBEI.
MEU IRMÃO, NOSSOS PECADOS FORAM PERDOADOS...
...NÓS NÃO RECEBEMOS O QUE MERECÍAMOS, MAS O MESTRE PAGOU O PREÇO COM O SEU SANGUE.

EU, TOBIAS, NÃO TESTEMUNHEI O QUE ACONTECEU, MAS ME DISSERAM DEPOIS.
JESUS NÃO TEVE UM FUNERAL, PORQUE SEUS DISCÍPULOS SE ESCONDERAM.
MAS UM HOMEM RICO CHAMADO JOSÉ OFERECEU A SUA PRÓPRIA TUMBA.
GUARDAS FORAM ESCALADOS PARA VIGIAR A TUMBA E IMPOR MEDO AOS QUE SE APROXIMASSEM.
ENTRE OS SOLDADOS ROMANOS E A GRANDE PEDRA QUE COBRIA A TUMBA...
... HAVIA O TEMOR DE QUE OS SEGUIDORES DE JESUS ROUBASSEM O CORPO PARA ESPALHAR MENTIRAS.
... APENAS DEUS PODERIA REMOVER AQUELE CORPO.

ESTOU ACANHADO DIANTE DE SUA BONDADE E GRAÇA.
MORRER POR PECADORES INDIGNOS...
MEU AMIGO, EU TERIA FEITO MESMO QUE FOSSE APENAS POR VOCÊ.
EU DEVO IR.
NOS VEREMOS EM BREVE, E VOU LEVÁ-LOS TODOS À PRESENÇA DO MEU PAI.
IR?
MAS... FAZ APENAS TRÊS DIAS!
MEU TRABALHO NÃO SE ACABOU.
O DRAMA DA REDENÇÃO CONTINUA.
MEU REI...
DAVI, REI DE ISRAEL.
VOCÊ IRÁ ANTES DE ASSENTAR-SE NO SEU TRONO?

COMO SEU DESCENDENTE, DEVO REINAR.
MAS ANTES DE SER COROADO, TIVE DE MORRER.
E AGORA, DEVO CONQUISTAR A PRÓPRIA MORTE.
NADA SE DESENROLOU COMO EU ESPERAVA.
EU ACHO QUE TODOS AQUI PODEM DIZER O MESMO.
NADA FOI ESPERADO, MAS AINDA... FOI COMO DEVERIA SER.

O QUE ESTÁ ACONTECENDO?
ALGUMA COISA ESTÁ SE AGITANDO NA TERRA...
SÓ PODE SER COISA BOA!
SUA TUMBA?
OLHEM!
O QUE É ISSO?

DEPOIS DE SUA MORTE, RUMORES SE ESPALHAVAM DE QUE A TUMBA NÃO PODIA CONTÊ-LO.
POR DUAS SEMANAS, EU OUVI COCHICHOS A RESPEITO...
DE QUE ELE APARECEU PARA ALGUMAS MULHERES DO LADO DE FORA.
DE QUE ELE FALOU COM OS SEUS DISCÍPULOS.
DE QUE ELE ANDOU E COMEU COM DOIS DOS SEUS SEGUIDORES NO CAMINHO DE EMAÚS.
DE QUE UM DOS DISCÍPULOS NÃO PODIA ACREDITAR, ATÉ QUE ELE TOCOU NAS MARCAS DO SEU CORPO.
MAS EU NUNCA ESQUECEREI AQUELE MOMENTO EM QUE OS RUMORES SE TORNARAM REALIDADE PARA MIM, ASSIM COMO PARA O DISCÍPULO QUE DUVIDOU.

TOBIAS! TOBIAS!
ONDE VOCÊ ESTAVA, TITO? HÁ TRABALHO PARA...
ESQUEÇA ISSO!
É JESUS! EU VI JESUS!
JESUS APARECEU PARA SEUS DISCÍPULOS COM MUITAS PROVAS DE QUE ESTAVA VIVO E HAVIA CONQUISTADO A MORTE.
COMAM! BEBAM!
E NOS ENSINOU A RESPEITO DO REINO DE DEUS.
FOI ISSO QUE EU LHES FALEI NOS PROFETAS E NOS SALMOS.
ERA NECESSÁRIO QUE SE CUMPRISSE TUDO O QUE A MEU RESPEITO ESTÁ ESCRITO NA LEI DE MOISÉS, NOS PROFETAS E NOS SALMOS.
ELE ABRIU AS NOSSAS MENTES PARA QUE ENTENDÊSSEMOS AS ESCRITURAS.
ESTÁ ESCRITO QUE O CRISTO HAVERIA DE SOFRER E RESSUSCITAR DOS MORTOS NO TERCEIRO DIA.
E QUE EM SEU NOME SERIA PREGADO O ARREPENDIMENTO PARA PERDÃO DE PECADOS A TODAS AS NAÇÕES, COMEÇANDO POR JERUSALÉM.
VOCÊS SÃO TESTEMUNHAS DESTAS COISAS.

♫ Santo, Santo, Santo é o Senhor Poderoso! ♫
EU NUNCA ME CANSO DE OUVI-LOS CANTAR ESSA MELODIA!
EU NÃO POSSO ESPERAR PARA NOS JUNTARMOS A ELES!
LÁZARO!
ALGUMA COISA ACONTECEU!
O QUE SE PASSA?
O PASSADO, O PRESENTE E O FUTURO SÃO O CUMPRIMENTO DA ALIANÇA DE DEUS!
CONCRETIZADA EM JESUS, O MESSIAS!
EU NÃO PERTENÇO A ESTE LUGAR, LÁZARO! SE EU TIVESSE MAIS TEMPO...
EU ERA SAUDÁVEL, PENSO QUE FOI UMA ARMADILHA.
AQUELE SERVO TOBIAS ESTAVA RESSENTIDO E TINHA ACESSO À COZINHA.
TOBIAS? NÃO SUSPEITO DELE.
O QUE VOCÊ SABE!
OLHE PARA A TERRA E VEJA!
ISSO NÃO VAI TE AJUDAR, FINEIAS...
VAMOS VER SE O SEU PRECIOSO TOBIAS É TÃO INOCENTE COMO VOCÊ PENSA!

UM BRINDE AO NOSSO FALECIDO FINEIAS, QUE SEGUE "PAGANDO" NOSSOS BANQUETES OITO MESES DEPOIS!
NOSSO AMADO IRMÃO CERTAMENTE APROVARIA.
O BANQUETE, MAS NÃO SUA CAPACIDADE DE DESFRUTÁ-LO!
NÃO ESPERAVA VÊ-LO NESTA MESA.
AMÓS DISSE QUE DEVERÍAMOS DISCUTIR NOSSA HERANÇA.
"QUE AGRADÁVEL É BRINDAR NA SUA AUSÊNCIA!"
"BRINDAR POR ELE? PRESENTE OU AUSENTE, QUAL É O MOTIVO?
ALÉM DE DESPERDIÇAR O NOSSO TRABALHO E DO NOSSO PAI, O QUE FEZ FINEIAS?"
"PODÍAMOS LAMENTAR PELAS SUAS FESTAS DIÁRIAS
MAS AINDA TEMOS MUITAS FESTAS."
"NOS ALEGRAMOS PORQUE SEU DINHEIRO É QUE SUSTENTA CADA UMA DELAS."
"E QUE PRAZER NÃO TER DE BAJULÁ-LO!"
"OU FINGIR QUE GOSTAMOS DELE."
BEBAMOS, IRMÃOS.
VAMOS BRINDAR POR FINEIAS!
OU DIVES OU QUALQUER NOME QUE LHE DEREM NO INFERNO! !
E QUE NUNCA NOS ENCONTREMOS COM ELE POR LÁ!
HAHAHAHAHAHA

LÁZARO, QUAL O SIGNIFICADO DISSO?
COMO ABRAÃO DISSE:
QUATRO DOS SEUS IRMÃOS SÃO TOLOS COMO VOCÊ FOI.
QUE TIPO DE IRMÃO VOCÊ FOI QUE ELES NÃO SERIAM?
INGRATOS! AJUDE-ME A VOLTAR! AGORA!
VOU APARECER PARA ATERRORIZÁ-LOS!
E ENSINAR UMA LIÇÃO QUE ELES NÃO ESQUECERÃO!
OLHE PRA NÓS, SOL!
NÃO ESTAMOS MELHOR DO QUE ELE, GASTANDO NOSSA HERANÇA COM PRAZERES E LUXOS.
CALMA, CALMA, IRMÃO.
POR QUE NÃO APROVEITAR O QUE TEMOS?
NÃO MAIS!
NÃO QUERO VER MEU DINHEIRO ACABAR DIA APÓS DIA!
É A HORA DE DIVIDIR A HERANÇA DE FINEIAS.
E EU ACREDITO, IRMÃOS...
...QUE EU MEREÇO UMA PARTE MAIOR DA HERANÇA POR FAZER TUDO QUE PLANEJAMOS...
...FOI A MIM QUE A SORTE FOI FAVORÁVEL!
NÃO, IRMÃO. EU DIRIA QUE É VOCÊ QUEM NOS DEVE ESSE PRIVILÉGIO.
A MORTE DELE NÃO FOI O BASTANTE?

O QUÊ?
EU CORRI O RISCO!
TIREI O VENENO DO BOTICÁRIO E MISTUREI AO VINHO DIÁRIO DAQUELE TOLO!
SIM, MAS FIZ A MINHA PARTE COMO SEGUNDO FILHO...
...SEGURANDO SEU AMADO CÁLICE DE OURO TODAS AS NOITES!
EU PERDI A PACIÊNCIA COM AQUELE VENENO LENTO.
SERIA MELHOR TÊ-LO APUNHALADO NA RUA!
TALVEZ DEVÊSSEMOS TER PEDIDO A ELI PARA CONTRATAR ALGUNS DOS SEUS QUERIDOS VERMES DAS RUAS PARA MATARFINEIAS!
POR OUTRO LADO, QUER ALGO MELHOR DO QUE SERVIR O VENENO NO SEU OURO?
O VENENO FOI A ÚNICA FORMA.
NÃO PODERÍAMOS ARRISCAR QUE O MÉDICO DESCOBRISSE O NOSSO COMPLÔ.
VOCÊS... VOCÊS FIZERAM ISSO...
ELES... ME ENVENENARAM? MEUS IRMÃOS ME MATARAM?
IRMÃO ELI, PENSEI QUE JÁ SOUBESSE. VOCÊ NÃO É RÁPIDO PARA CERTAS COISAS, NÃO É?

AMÓS, VAMOS DIVIDIR A HERANÇA COMO COMBINAMOS.
COMO MAIS VELHO, EU...
CUIDADO, IRMÃO!
POR VOCÊ SEGUIR O "CAMINHO" DE FINEIAS, VOCÊ SABE DO QUE SEUS IRMÃOS SÃO CAPAZES!
ESTÁ CERTO, BERNABÉ.
SERIA BOM RECORDÁ-LAS ENQUANTO DIVIDE AS RIQUEZAS DE FINEIAS.
EU LHE DIGO ISSO:
AMOS, VOCÊ NUNCA SERÁ O MEU COPEIRO!
POR FAVOR, LÁZARO, ABRAÃO VAI ESCUTÁ-LO.
PODE ME AJUDAR? TENHO DE ME VINGAR, NÃO HÁ JUSTIÇA!
LÁZARO NÃO PODE MAIS AJUDÁ-LO.
VOCÊ ESCOLHEU INJUSTIÇA, COMO EU QUE ESTAVA NAQUELA CRUZ.
MAS SEUS IRMÃOS PODEM SE ARREPENDER E PEDIR PERDÃO, ASSIM COMO FIZ E POR SUA GRAÇA ESTOU AQUI.
POR FAVOR, DEIXEM-ME ENTRAR NO PARAÍSO PARA NOS FALARMOS MELHOR.
EU NÃO SOU O PORTEIRO. É MUITO TARDE PARA MUDAR.
E SE VOCÊ VIESSE SEM MUDANÇA, QUEM SABE CONTAMINARIA A OUTROS, ROUBANDO A ALEGRIA.
ACASO SOU UMA SERPENTE QUE NÃO PODE ENTRAR?
QUEM VOCÊ PENSA QUE É?
EU SOU LÁZARO, FILHO DE DEUS.
TENHO SAÚDE, RIQUEZA E FELICIDADE SEM MERECER,
MAS PELA GRAÇA E A BONDADE DO MEU SALVADOR E REI.

ERA APENAS UM MENDIGO NO MEU PORTÃO!
EU ERA.
EU ERA UM DOS MAIS NOBRES HOMENS DE JERUSALÉM!
VOCÊ ERA.
SE EU FOSSE LIBERTADO DAQUI, LÁZARO, IRIA CUIDAR DE VOCÊ E ALIMENTÁ-LO.
DEIXARIA VOCÊ ESCREVER NOS MEUS MUROS.
PARA SE LIVRAR DOS TORMENTOS QUE ESTÁ PASSANDO, NÃO É?
EU NÃO MAIS PRECISO DE AJUDA. E SE VOCÊ FOSSE SOLTO, LEVARIA O INFERNO PARA ONDE FOSSE...
EU FARIA A COISA CERTA DESTA VEZ.
NÃO. VOCÊ NÃO FARIA.
SERIA O MESMO DE ANTES.
ACABOU... É TARDE.
...SEM ALÍVIO, SEM ESPERANÇA, POR TODA A ETERNIDADE...

NÃO MUITO DEPOIS, AINDA NO CORPO RESSURRETO, JESUS ASCENDEU AOS CÉUS.
EU LHES ENVIO A PROMESSA DE MEU PAI.
NÃO SAIAM DE JERUSALÉM, ATÉ RECEBEREM O PODER DO ESPÍRITO SANTO!
"POR QUE VOCÊS ESTÃO OLHANDO PARA O CÉU?"
ESTE MESMO JESUS, QUE DENTRE VOCÊS FOI ELEVADO AOS CÉUS,
VOLTARÁ DA MESMA FORMA COMO O VIRAM SUBIR.

SIGAM-ME!
O QUE É ISSO?
O MESSIAS VENCEU O PECADO E A MORTE.
E AGORA ESTÁ LEVANDO O PARAÍSO DIRETAMENTE À PRESENÇA DO PAI!

SANTO, SANTO, SANTO.
SANTO, SANTO, SANTO.

EU SOU O NARRADOR, TOBIAS, FILHO DE MATIAS.
LÁZARO FOI O MEU PROFESSOR QUANDO MEUS OLHOS AINDA NÃO PODIAM VER.
DEPOIS, JESUS DE NAZARÉ ABRIU MEUS OLHOS PARA A VERDADE.
CHAVIM, É HORA DA PRIMEIRA DISTRIBUIÇÃO DO DIA, CERTO?
SIM. OBRIGADO, MESTRE.
EU NÃO SOU SEU MESTRE.
O SEU MESTRE MORREU POR VOCÊ E RESSUSCITOU PARA QUE TENHAMOS UM CAMINHO PARA O CÉU.
SIM, SENHOR.
AS PALAVRAS ESTÃO BORRANDO DE NOVO.
ESTAVA PENSANDO NISSO, TOBIAS, É HORA DE RENOVÁ-LAS.
NÃO PODEMOS DEIXAR QUE SE PERCAM AS PALAVRAS DO PROFETA.
AS PALAVRAS DE LÁZARO.
E DE DEUS.
VOCÊ REPARTE SUAS RIQUEZAS COM OS POBRES, APESAR DAS OBJEÇÕES DE SEUS IRMÃOS.
ELES ACHAM QUE SOU UM TOLO.
MAS A HERANÇA FOI DIVIDIDA EM PARTES IGUAIS E FAÇO O QUE QUERO COM A MINHA.
E QUERO HONRAR MEU SENHOR.
E VOCÊ QUER MANTER AS ESCRITURAS NO MURO.
EU SEMPRE LEMBRO MEUS IRMÃOS QUE A QUINTA PARTE DESTE MURO É MINHA!
E QUAL FOI A REAÇÃO DELES?
ELES ALEGAM QUE SE EU FOR ÀS AUTORIDADES, ELES NEGARÃO.
SERÁ PALAVRA CONTRA PALAVRA. SIGO PERGUNTANDO O QUE DEVO FAZER.

ME PERGUNTO O QUE LÁZARO ESTÁ FAZENDO AGORA.
SEJA O QUE FOR, ELE ESTÁ FAZENDO COM DEUS, NOSSO SENHOR E SALVADOR.
SIGAMOS OS PASSOS DE LÁZARO E SIRVAMOS NOSSO REI,
ASSIM ELES TERÃO PRAZER EM NOS ENCONTRAR UM DIA.
TRINTA E DOIS ANOS DEPOIS DAQUELES EVENTOS.

ELI NÃO PODIA FAZER NADA A RESPEITO DO ASSASSINATO.
OS IRMÃOS DE FINEAS DESCONFIAVAM UNS DOS OUTROS E BRIGAVAM ENTRE SI.
EM UMA NOITE DE BEBEDEIRA, BERNABÉ MATOU AMÓS E FUGIU.
EU SEI QUE ESTÁ ESPERANDO UMA CHANCE DE ME MATAR!
IRMÃO, ISSO NÃO É VERDADE!
SAL MORREU ENVENENADO E O NEGÓCIO FAMILIAR ACABOU EM RUÍNAS.
RUBEM DESAPARECEU UM DIA E NUNCA MAIS FOI VISTO.
JESUS NÃO APENAS DISSE "NÃO HÁ AMOR MAIOR DO QUE ESTE: DAR A VIDA PELOS SEUS AMIGOS".
ELE DEU A SUA VIDA POR NÓS. E NOS DEU O PODER PARA ENTREGAR NOSSA VIDA POR ELE.
ELI SE MUDOU PARA LONGE, PARA O RIO TIGRE, LEVANDO O EVANGELHO DE JESUS PARA TODOS QUE O ESCUTAVAM.
ELE CHEGOU A ME ESCREVER FAZ UNS DOZE ANOS, DIZENDO: "NUNCA FUI TÃO FELIZ".
TRÊS SEMANAS DEPOIS ELE FOI ESTRANGULADO POR PREGAR O EVANGELHO.
O JOVEM TITO CRESCEU FORTALECIDO NAS ESCRITURAS.
ELE SE TORNOU COMO UM FILHO PARA PAULO, O APÓSTOLO, SERVINDO A PAULO E BARNABÉ EM ANTIOQUIA.
DEPOIS, LEVOU AS CARTAS DE PAULO ÀS IGREJAS DE CORINTO E SE ESTABELECEU EM CRETA.
ALI, ELE FOI UM LÍDER DOS CRISTÃOS, NOMEANDO OS PRESBÍTEROS DE TODAS AS IGREJAS.
PAULO NOS RECORDA QUE DEVEMOS TER DOMÍNIO PRÓPRIO E SER GENEROSOS, DEDICADOS A FAZER O BEM.
ATÉ O DIA DE HOJE, ME SINTO ORGULHOSO QUANDO VEJO O NOME DO PEQUENO...
DISCÍPULO DE LÁZARO E DE JESUS...
...NA CONHECIDA CARTA DE PAULO A TITO.

EU TAMBÉM TENHO TIDO O PRIVILÉGIO DE SERVIR AO MEU REI.
POR ANOS, O MEU TRABALHO FOI DISTRIBUIR ALIMENTO PARA OS NECESSITADOS, ENCONTRAR EMPREGO OU ABRIGAR AQUELES IRMÃOS DA IGREJA EM JERUSALÉM.
ULTIMAMENTE, TENHO ESTADO NA PRISÃO EM ROMA PELA TERCEIRA VEZ, POR PREGAR SOBRE JESUS.
MAS ME REGOZIJO POR TODOS QUE TÊM ACEITADO AO SALVADOR, E POR TER PENA E PERGAMINHO.
MINHAS PERNAS ESTÃO FRACAS, MAS MEUS BRAÇOS, NÃO.
LEMBRO SEMPRE QUE NO MEU PIOR DIA NA PRISÃO...
...EU TENHO MAIS A AGRADECER DO QUE LÁZARO TEVE NAS RUAS DE JERUSALÉM.
AINDA ASSIM, LÁZARO AGRADECIA A DEUS. AGORA, POR SUA GRAÇA, EU TAMBÉM.
ESTA PRISÃO PODERIA SER A ÚLTIMA.
ME DISSERAM QUE NERO ORDENOU A MORTE DO APÓSTOLO PAULO, QUE ESTÁ EM OUTRA PRISÃO DE ROMA.
EU NÃO SEI MAIS O QUE ESPERAR DESTE MUNDO, MAS A MINHA VIDA NÃO DURARÁ MUITO.
PENSO A TODA HORA NO MOMENTO EM QUE VEREI DE NOVO A FACE DAQUELE CARPINTEIRO DE NAZARÉ...
...QUEM CRIOU O UNIVERSO E DERRAMOU O SEU SANGUE EM FAVOR DOS MEUS PECADOS, PERMITINDO MINHA ENTRADA NOS CÉUS.
ESTOU ANSIOSO PARA REUNIR-ME COM LÁZARO, CHAVIM, ELI E UM NÚMERO INCONTÁVEL DE FIEÍS SEGUIDORES DE CRISTO.
EU VIVO SOMENTE PARA VOLTAR A TOCAR NAS MÃOS DO MEU SALVADOR E OUVI-LO ME DIZER ESTAS PALAVRAS:
"MUITO BEM, SERVO BOM E FIEL; VENHA E PARTICIPE DA ALEGRIA DO SEU SENHOR!"

JESUS DISSE:
""HAVIA UM HOMEM RICO QUE SE VESTIA DE PÚRPURA E DE LINHO FINO E VIVIA NO LUXO TODOS OS DIAS. DIANTE DO SEU PORTÃO FORA DEIXADO UM MENDIGO CHAMADO LÁZARO, COBERTO DE CHAGAS; ESTE ANSIAVA COMER O QUE CAÍA DA MESA DO RICO. ATÉ OS CÃES VINHAM LAMBER SUAS FERIDAS.

"CHEGOU O DIA EM QUE O MENDIGO MORREU, E OS ANJOS O LEVARAM PARA JUNTO DE ABRAÃO. O RICO TAMBÉM MORREU E FOI SEPULTADO. NO HADES, ONDE ESTAVA SENDO ATORMENTADO, ELE OLHOU PARA CIMA E VIU ABRAÃO DE LONGE, COM LÁZARO AO SEU LADO. ENTÃO, CHAMOU-O: 'PAI ABRAÃO, TEM MISERICÓRDIA DE MIM E MANDA QUE LÁZARO MOLHE A PONTA DO DEDO NA ÁGUA E REFRESQUE A MINHA LÍNGUA, PORQUE ESTOU SOFRENDO MUITO NESTE FOGO'.

"MAS ABRAÃO RESPONDEU: 'FILHO, LEMBRE-SE DE QUE DURANTE A SUA VIDA VOCÊ RECEBEU COISAS BOAS, ENQUANTO QUE LÁZARO RECEBEU COISAS MÁS. AGORA, PORÉM, ELE ESTÁ SENDO CONSOLADO AQUI E VOCÊ ESTÁ EM SOFRIMENTO. E ALÉM DISSO, ENTRE VOCÊS E NÓS HÁ UM GRANDE ABISMO, DE FORMA QUE OS QUE DESEJAM PASSAR DO NOSSO LADO PARA O SEU, OU DO SEU LADO PARA O NOSSO, NÃO CONSEGUEM'.

"ELE RESPONDEU: 'ENTÃO EU TE SUPLICO, PAI: MANDA LÁZARO IR À CASA DE MEU PAI, POIS TENHO CINCO IRMÃOS. DEIXA QUE ELE OS AVISE, A FIM DE QUE ELES NÃO VENHAM TAMBÉM PARA ESTE LUGAR DE TORMENTO'.

"ABRAÃO RESPONDEU: 'ELES TÊM MOISÉS E OS PROFETAS; QUE OS OUÇAM'.

"'NÃO, PAI ABRAÃO', DISSE ELE, 'MAS SE ALGUÉM DENTRE OS MORTOS FOSSE ATÉ ELES, ELES SE ARREPENDERIAM.'

"ABRAÃO RESPONDEU: 'SE NÃO OUVEM A MOISÉS E AOS PROFETAS, TAMPOUCO SE DEIXARÃO CONVENCER, AINDA QUE RESSUSCITE ALGUÉM DENTRE OS MORTOS'".

LUCAS 16.19-31

FIM.

CÉU E INFERNO NA BÍBLIA

Os leitores de ETERNIDADE talvez se perguntem porque descrevemos o Paraíso como um lugar exuberante e bonito. É porque "Paraíso" significa um jardim deleitoso como o Éden. As Escrituras utilizam estes termos para apresentar o Céu para onde os filhos de Deus vão quando morrem (Lucas 23.43; 2 Coríntios 12.3).

Por que descrever o homem rico e Lázaro mesmo antes deles ressuscitarem? Porque Jesus assim o fez. Em Lucas 16.19-31, o homem rico no Hades (inferno) fala de fogo, sua língua, sede e "lugar de tormento". Ele vê Lázaro no Paraíso com água e um dedo para molhar-se nela.

Alguns acreditam que isso sugere um outro lugar pós-vida que teremos uma forma física transitória até a ressureição, quando todos serão reunidos a seus corpos. Mas, mesmo que essa passagem seja figurada, Jesus não usaria estas imagens visuais sem esperar que as visualizássemos.

Incluímos vários detalhes a partir do relato de Jesus, com adições e diálogos ficcionais sem contradições, até mesmo verdades de outras passagens bíblicas. Mesmo ficcionais, os elementos adicionados estão de acordo com a verdade das Escrituras.

Alguns poderiam pensar que não deveríamos embasar nenhuma teológica pela descrição que Jesus faz do pós-vida. Eles creem que Lucas 16 apenas ensina a respeito de que todos deverão prestar contas com Deus sobre a sua relação com os mais pobres. Porém, esta é a única parábola em que Jesus menciona um nome, sugerindo que Lázaro era uma pessoa real.

Não devemos tomar cada palavra literalmente para acreditar que Jesus queria que nós pensássemos em gente real, que mantém a sua identidade e recordações da terra para a realidade do pós vida.

A maioria dos elementos de suas parábolas têm suporte em outros textos das Escrituras. Paulo afirmou que, ao morrer, os crentes irão até a presença de Deus (2 Coríntios 5.8). Os mártires no Céu, recordando o mestre por quem foram mortos, pedem a Deus para trazer justiça a terra (Apocalipse 6.9-11). Na cruz, Jesus disse para o ladrão arrependido, "Hoje estarás comigo no Paraíso" (Lucas 23.43).

Ao morrer, Lázaro e o homem rico foram ao céu e ao inferno atuais esperar a ressurreição para a vida ou para a morte (João 5.28-29). Aqueles que estão no inferno vivem isolados em miséria, enquanto aqueles que estão no Céu desfrutam de conforto, uma rica relação com Deus e uns com os outros.

Nos primeiros dois capítulos da Bíblia, Deus plantou o jardim do Éden na terra; nos dois últimos capítulos Ele traz para a nova Terra uma Nova Jerusalém, um jardim paradisíaco em seu centro. Ainda hoje, a árvore da vida do Éden existe "no paraíso de Deus" (Apocalipse 2.7). Deus preservou o Paraíso como um lugar em que os seguidores de Cristo irão habitar até que venha a Nova Terra (Apocalipse 22.2).

No Éden não havia pecado, morte ou maldição; na Nova Terra não haverá pecado, morte ou maldição (Apocalipse 21.4; 22.3). No Genesis, o Redentor foi prometido; em Apocalipse o Redentor retorna triunfante. Genesis fala de um paraíso perdido; Apocalipse fala de um paraíso recuperado.

Pedro disse: "É necessário que ele (o Cristo) permaneça no céu até que chegue o tempo em que Deus restaurará todas as coisas" (Atos 3.21). Deus nos restaurará ao nosso design original: seres com corpos celestiais (justificados) que governarão a terra para a sua glória.

Ninguém deseja uma existência humana sem um corpo. Ansiamos por uma vida ressuscitada plenamente feliz e eterna na Terra. É exatamente isso que Deus promete aos seus filhos!

"Portanto, se alguém está em Cristo, é nova criação" (2 Coríntios 5.17). Ainda adolescente, confiei em Cristo e me converti em uma nova pessoa – a mesma pessoa feita de novo, pela graça de Deus (Efésios 2.8-9). Quando morrer, eu passarei por outra mudança, e por mais outra quando ressuscitar. Porque seguirei sendo quem eu era. Como Jó disse "Na minha carne eu verei a Deus; eu o verei com os meus próprios olhos; eu mesmo, e não outro!" (Jó 19.26-27).

Nós vivemos agora entre os ecos do Éden e as pegadas em direção a Nova Terra. Nunca estaremos realmente em casa neste planeta amaldiçoado pelo pecado. Ansiamos pelo mundo que há de vir.

A presença e trono de Deus estarão um dia na Nova Terra (Apocalipse 21.1-3; 22.1) Os redimidos por Cristo viverão para sempre no Céu, nesta Terra. Aqueles que rejeitarem o seu sacrifício na cruz continuarão em seus pecados e experimentarão o fogo eterno do inferno.

A Bíblia diz:

> *"Porque Deus tanto amou o mundo que deu o seu Filho Unigênito, para que todo o que nele crer não pereça, mas tenha a vida eterna. Pois Deus enviou o seu Filho ao mundo, não para condenar o mundo, mas para que este fosse salvo por meio dele. Quem nele crê não é condenado, mas quem não crê já está condenado, por não crer no nome do Filho Unigênito de Deus". (João 3.16-18)*

Você quer se arrepender dos seus pecados e confiar que Jesus para te dar a vida eterna? Você quer colocar a sua fé naquele que te livrará do inferno que todos merecemos, para te oferecer o Céu que nenhum de nós merece?

Uma boa igreja te ensinará a Palavra de Deus e te dará amor e apoio. Se você tem perguntas a respeito de Jesus ou sobre o Céu, eles podem te ajudar com essas respostas. Se tiver dificuldades em encontrar uma igreja próxima a você, teremos alegria em te ajudar. Deus te abençoe!